KB059896

마지막
히치하이커

마지막
히치하이커

문이소 남지원 은이결 민경하 지음

사□계절

차례

기획의 말

금년 여름은 유난히 무더웠지요. 사실 해가 갈수록 여름
은 더 덥고 겨울은 더 추워지는 것 같습니다. 봄과 가을이
사라지고 있다는 말을 주변 사람들과 나눈 지가 꽤 되었습
니다. 지금의 어린이 청소년 독자들이 나중에 어른이 되면
그때는 계절들이 또 어떤 모습일까요.

어느덧 네 권째를 맞는 한낙원과학소설상 작품집입니
다. 다섯 권째를 구성할 작품들도 벌써 기다리고 있고요.
세월이 흐르면서 이 작품집 시리즈도 조금씩 변하는 것을
느낍니다. 우리나라의 창작 SF문학이 점점 외연을 넓히며
무르익어 가는 데에 한낙원과학소설상이 적잖은 기여를 하
며 함께 성숙해 가고 있습니다.

작가 한낙원(1924~2007) 선생님은 일찍이 1950년대부

터 우리나라 어린이 청소년 과학소설의 선구자로 활동하셨던 분입니다. 과학소설, 즉 SF라고 하면 대부분의 사람들은 허황된 이야기라며 오랜 세월 무시하거나 폄하했습니다. 사회 각계각층에서 이 분야를 진지하게 바라보기 시작한 것은 21세기에 들어서고도 꽤 지난, 최근의 일입니다. 아직도 많은 사람들이 '공상과학'이라는 썩 긍정적이지 못한 뉘앙스의 말로 선입견을 내보이고 있습니다.

그러나 한낙원 선생님은 처음부터 과학소설의 중요성을 깨닫고, 다음 시대의 주역이 될 어린이 청소년 독자들을 위해 40년이 넘도록 그 길만을 걸으셨습니다. 과학소설이 중요한 이유는 미래의 과학 기술 그 자체를 전망한다기보다 그로 인한 인간과 사회의 변화를 통찰하기 때문입니다. 특히 어린이 청소년에게는 자라서 어른이 된 다음의 세상을 미리 생각하게 해 준다는 점에서 미래의 사회 교과서나 다름없는 중요한 역할을 합니다. 한낙원 선생님은 시대를 앞서서 이런 점에 주목하셨던 것이지요.

역사를 돌이켜 보면 기성세대는 늘 다음 세대를 위해 경험과 통찰에서 우러나오는 지혜를 전하려 애썼습니다. 그런 노력 덕분에 새로운 세대가 더 발전할 수 있었고요. 그러나 21세기 들어 이런 모습은 좀 달라지는 것 같습니다. 과학 기술의 발전 속도가 너무 빨라지다 보니, 이제 기성세대의 경험은 더 이상 21세기 세대들에게 큰 도움이 되지 못

할 가능성이 있습니다. 인공지능(AI)과의 공존, 고도로 발전된 유전공학의 여러 윤리적 문제, 트랜스 휴먼 등등. 모두가 기성세대는 전혀 겪어 보지 못한 상황들입니다. 사실상 인류가 역사상 처음으로 직면하게 될 도전이며, 결과에 따라서는 기회가 될 수도 위기가 될 수도 있습니다.

이런 때에 기성세대가 줄 수 있는 유산이야말로 정신적, 철학적 지혜일 것입니다. 과학 기술적 환경과 상관없이 항상 인간의 올바른 길을 탐구하고 따르려는 자세. 과학소설은 바로 그런 이야기들을 담고 있습니다. 미래에 실제로 경험하게 될 많은 상황들을 가상 시나리오로 보여 주면서 독자로 하여금 생각하게 합니다. 어떤 선택이 옳을까, 어느 것이 인간다운 모습일까, 인간이 아닌 존재들을 얼마나 받아들여야 할까. 정답은 없습니다. 기성세대도 모릅니다. 하지만 다양한 미래 시나리오들을 통해 서로 생각에 생각을 나누다 보면 21세기 세대는 결국 해답을 찾게 될 것입니다. 이 작품집은 바로 그런 노력의 하나로 이 땅의 새 세대에게 주는 선물입니다.

이번에 엮어 내는 네 번째 작품집에는 각별한 의미가 담겨 있습니다. 처음에 한낙원과학소설상을 같이 만들고 계속 이끌어 왔던 평론가 故김이구 선생님이 생전에 마지막으로 가려 뽑으신 이야기들입니다. 선생님은 작년에 제4회 한낙원과학소설상 최종 심사를 마치고 불과 며칠 뒤에 안

타깝게도 유명을 달리하셨습니다. 이제 안정기에 들어선 한낙원과학소설상은 앞으로 '어린이 청소년 SF문학에 대한 애정'이라는 김이구 선생님의 유지 역시 받들어 갈 것입니다. 이와 함께 한낙원과학소설상을 꾸준히 후원하시는 유족분들과 작품집을 계속 출간하시는 사계절출판사에 한결같은 감사의 마음을 전합니다.

2018년 11월
박상준(SF평론가, 서울SF아카이브 대표)

제4회 한낙원과학소설상 수상작

마지막 히치하이커

문이소

믿고 싶지 않다, 여름 방학이 3일밖에 안 남았다니. 망했다, 방학 숙제 어떡하지?

선생님은 '평생 잊지 못할 추억 만들기'만 하면 다른 숙제는 안 해도 된댔다. 그래서 방학 내내 '숙제 하나도 안 하고 노는 추억'을 만들었다. 다른 애들은 과학 캠프며 어학 연수며 해외여행을 다녀왔다. 난 가족 여행은커녕 그 흔한 수영장도 못 갔다 왔는데. 그냥 매일 학원 갔다가 임곡교에서 물놀이한 게 전부인데…….

장마가 끝나자 황룡강은 무척 근사해졌다. 물은 깊어지고 나무는 생생하고 풀은 훌쩍 자랐다. 바위까지도 잘생겨졌다. 거북이처럼 생긴 바위, 스님들 옷처럼 잿빛인 바위, 물이끼를 반바지처럼 입은 바위. 라면 상자 같은 바위 위에는 둥근 돌이 얹혀 있다. 꼭 물속에 사람이 앉아 있는 것 같다. 마치 날 보고 빙그레 웃는 듯하다. 심지어 나를 향해 손을 흔들…… 어?

"저기, 안 바쁘면 좀 도와주시겠어요?"

"귀, 귀신! 끄아아아악!"

"저 귀신 아니에요, 잠깐 흥분을 좀 가라—."

"으아아악! 사람 살려, 살려 주…….'"

"저부터 좀 살려 주세요!"

"네?"

말하는 돌이 까만 손을 들어 흔든다. 자세히 보니 진짜 눈, 코, 입까지……?

"누구…… 세요?"

"저는 몰리오예요. AI리서치센터코리아와 K-iBOT기술원이 개발한 휴머노이드지요. 히치하이킹으로 전국을 돌아다니면서 사람들과 우정을 나누고 있어요."

"휴머노이드…… 아, 아! 뉴스에서 봤어. 아직도 돌아다니고 있었구나."

키 작은 목각 인형처럼 생긴 하얀 로봇, 까맣게 빛나던 동그란 눈이 기억났다. 한동안 뉴스에 많이 나왔다. 그때 본 것보다 많이 낡은 것 같다. 눈동자 테두리가 반짝반짝 빛났던 것 같은데 지금은 그냥 회색이다. 머리통도 조금 찌그러진 것 같다.

"그런데 왜 그러고 있어?"

"어젯밤에 술 취한 남자 셋이 날 여기에 눕히고 돌로 눌러 놨어요. 사람 흉내 내는 게 재수 없대요."

"맙소사! 그런데 너 진짜 말 잘한다. 꼭 사람 같아."

"전 사람처럼 말하는 걸 배우는 데 특화되었거든요. 이 세상에서 저보다 말 잘하는 기계는 없을걸요. 당신은 이름이 뭐예요?"

"아, 난 이보나. 넌 혼자서 일어나지는 못하니?"

"설마요. 여기는 물속인 데다 바닥이 모래랑 돌투성이라 그렇죠. 좀 일으켜 주시겠어요? 이러다 진짜 죽을 것 같아요."

"잠깐만 기다려, 어른들 불러올게!"

"안 돼요! 또 재수 없다고 할지도 모르잖아요. 그냥 보나 양이 도와주세요."

"내, 내가?"

몰리오의 다리는 돌무더기에 파묻혀 있었다. 돌은 금방 다 치웠다. 문제는 쇳덩어리인 몰리오를 일으켜 세우는 거였다. 몰리오의 팔을 움켜잡고 끌어 올렸지만 꿈쩍도 안 했다. 무겁기도 했지만 몰리오의 몸이 매끈해서 손이 자꾸 미끄러졌다.

"몰리오, 너 남자야 여자야?"

"전 성별이 없어요. 목소리는 사내새끼 같지만."

"말 좀 예쁘게 해라. 남자아이라고 하면 되잖아."

"사람들한테 배운 대로 하는 건데요?"

"어휴, 암튼 그 말은 쓰지 마. 어쨌든 남자는 아니라는 거지?"

몰리오 앞에 엉거주춤 앉았다. 몰리오의 양팔을 내 어깨에 올리고 부둥켜안았다. 남자 아니랬으니까, 뭐. 깍지를 꽈악 꼈다.

"내가 하나 둘 셋, 하면 일어서는 거야. 하나아 두울 세엣!"

만세! 마침내 몰리오가 일어섰다. 온몸이 물 범벅 땀범벅이 됐다. 내가 손을 놓자 몰리오는 양팔을 벌리고 춤추듯 흔들거렸다. 그리고 옆으로 기우뚱!

"으아아, 너 고장 났어?"

쓰러지는 걸 간신히 잡았다.

"유속이, 물살이 너무 세서 서 있지 못하겠어요. 저 좀 업어 주세요."

"업, 업으라고? 널? 내가?"

"보나 양 체격이면 절 업고 물 밖으로 갈 수 있어요. 제가 측정한 데이터상 보나 양 몸무게는 오십─."

"거기서 한 마디만 더 하면 그냥 두고 간다."

내가 등을 대자 몰리오는 내 어깨를 잡았다. 땡볕 때문에 정수리가 뜨끈뜨끈하다. 나 왜 이렇게 열심히 하고 있지?

강가 풀밭으로 나오는 데 5분은 걸렸다. 그런데 몰리오는 여기도 너무 울퉁불퉁해서 못 걷는다며 산책로로 이어지는 계단을 가리켰다. 계단은 평평하니까 거기부터는 걸을 수 있다고. 아, 진짜!

다시 땀을 뻘뻘 흘리며 계단에 도착해서야 몰리오는 성큼성큼 걸어 올라갔다. 왼쪽 다리를 좀 절긴 했지만 아스팔트에서는 정말 사람처럼 잘 걸었다. 나란히 서 보니 나보다 반 뼘 정도 작다. 하얀 얼굴, 하얀 몸에 까만 손, 까만 발. 가슴팍에 은회색으로 '몰리오', 등에는 '홍익인간'이라고 큼직하게 쓰여 있다. 콧구멍이 없는 코랑 촘촘한 망으로 덮인 귓바퀴에 꼬질꼬질하게 때가 꼈다. 몸 곳곳에 긁히고 파인 자국이 많다. 꾀죄죄한 미소……. 몰리오는 웃는 얼굴로 만들어졌다. 다른 표정은 지을 수 없게 되어 있다.

몰리오가 허리를 숙여 인사했다.

"정말 고마워요. 이 은혜는 꼭 갚을게요. 사람은 은혜를 원수로 갚지만 저는 기계니까 제대로 갚을 거예요."

"너 그런 식으로 얄밉게 말하다 또 큰일 당한다. 이제 어디로 갈 거야?"

"집으로 가야 해요, 대전에 있는 연구소요. 그래서 말인데요, 터미널까지 좀 데려다주실래요?"

"터미널이라니, 광주 유스퀘어 터미널?"

"네, 왼쪽 다리가 고장 나서 혼자는 못 가겠어요."

"그, 그래? 근데 나 숙제하러 가야 되는데."

"제발요! 이러다 제가 길에서 멈추면 우리 집은 쫄딱 망할 거예요. 아, 불쌍한 우리 식구들!"

연구소가 망한다니, 얘가 그렇게 비싼가? 내가 머뭇거리는 사이, 몰리오는 내 두 손을 꼬옥 잡았다.

텅텅텅텅, 트랙터가 오더니 우리 앞에 멈췄다. 서창수네 할아버지였다! 서창수는 여름 방학 전날 러브레터라며 내게 쪽지를 줬다. '공부 못하는 여자애는 별로지만 넌 예외로 해 줄게, 나랑 사귀자'라니, 이게 결투 신청서지 러브레터는 무슨! 하지만 서창수네 할머니 할아버지는 진짜 좋은 분들이다. 그런데 서창수는 자기 엄마 아빠랑 똑같이 공부 가지고 사람을 차별한다.

"안녕하세요, 할아버지!"

"잉, 보나구먼. 근디 저거시 뭐이당가? 사람맹키로 꿈적거리네잉!"

"처음 뵙겄어라, 으르신. 지는 보나 친구 몰리오라고 허요잉. 가차운 버스 정류장까지만 태워다 주시면 고맙겄어라."

으허허허! 할아버지랑 나는 숨이 넘어갈 듯 웃어 댔다. 로봇이 사투리를 쓰다니! 할아버지랑 내가 막 웃자 몰리오는 어깨를 우쭐댔다. 사투리는 언제 배웠냐고 물으니까 다길에서 사람들한테 배운 거랬다. 그러곤 자긴 휴머노이드

인데 왜 자꾸 로봇이라고 하냐며 툴툴댔다. 자기에 비하면 로봇은 나무젓가락이요, 고장 난 계산기 버튼이라나. 한참을 설명해 줬지만 무슨 말인지 하나도 못 알아들었다. 서창수네 할아버지도 그냥 '로보트'라고 부르셨다.

할아버지는 우리를 집으로 데려가셨다. 다행히 서창수는 영어 캠프에 가고 없었다. 서창수네 엄마는 몰리오를 보자 '아, 저거요? 작년에 좀 유명했는데 이젠 한물갔죠' 하며 아는 척을 했다. 몸이 아파 노상 누워 계시던 할머니가 나오셨다. 몰리오가 사투리로 인사하니까 할머니는 연신 '오메, 우째야쓰까이' 하셨다. 할머니는 수박 반 통을 잘라 주셨다. 할아버지는 마른 수건으로 몰리오를 꼼꼼히 닦으셨다. 드라이어까지 가져와 구석구석 말려 주셨다. 왼쪽 다리에 식용유를 칠해 주신다는 걸 겨우 말렸다. 몰리오는 감사하다며 할머니랑 할아버지께 노래를 불러 드렸다. 절뚝거리며 춤도 췄다. 모처럼 할머니가 활짝 웃으셨다. 할머니는 몰리오의 손을 잡고 놓지 않으셨다.

"야야, 보나야."

"네, 할머니."

"니가 나 대신 로보트 집꺼정 델부다주믄 안 되겠냐?"

"네에?"

"창수가 있으믄 창수헌티 시킬 터인디. 쟈가 사람들 땜시 고생 쪼까 했는디 우리라도 잘해 줘야 안컸냐."

"그런데 그걸 제가 왜……?"

"인연이랑 게 그란 것이 아니여. 길가 돌멩이 하나도 허투루 있는 건 없어야. 사람들이 맴을 허투루 쓰는 거제. 안 그라요, 영감?"

할아버지가 주섬주섬 주머니를 뒤져 나에게 이만 원을 건네 주셨다. 몰리오 데려다주고 남는 돈은 나 가지라고 하셨다. 후딱 주머니에 넣었다. 아줌마 얼굴이 찌그러지고 있었지만 못 본 척했다. 가만, 몰리오 만난 걸 방학 숙제로 할까?

"로보트야, 좋은 기억만 갖고 가그라이."

"으르신, 참말로 고맙소잉. 지가 난중에 또 올랑께, 다시 인사 드리겄어라. 그때꺼정 건강하시쇼이."

할아버지는 아줌마더러 우리를 터미널까지 태워다 주라고 하셨다. 아줌마는 가는 내내 한숨을 쉬고, 시계를 보고, 지나가는 차에 짜증을 냈다. 숨 쉬는 것도 눈치가 보였다. 몰리오는 아줌마한테 창수랑 같이 꼭 자기 집에 놀러 오라고 했다. 아줌마는 대답도 안 했다.

"얘네 집이 대전에 있는 연구소래요, 로봇 연구하는 곳요."

내 말이 끝나기가 무섭게 아줌마 표정이 확 밝아졌다. 창수한테 정말 도움이 되겠다며 아줌마는 창수 자랑을 늘어놨다. 창의력 올림피아드를 준비하는 영재인데, 영어 실력이 아주 조금 모자라서 걱정이라나. 서창수한테 모자란 건 영어 실력이 아니라 재수인데. 몰리오는 맞장구를 치며 열심히 듣더니 꼭 창의력 올림피아드에서 우승하길 바란다고 했다. 아줌마는 차비에 보태라고 만 원을 주셨다. 2학기에는 서창수를 쪼금만 싫어해야지.

터미널에 들어가자 몰리오 주변으로 사람들이 몰려왔다. 몰리오에게 팔씨름을 하자는 아저씨, 툭툭 발로 차는 아이, 몸 여기저기를 막 만져 보는 아줌마, 쉬지 않고 사진을 찍는 언니, 오빠 들. 어떤 아주머니는 다짜고짜 아이를 몰리오에게 안겨 사진을 찍었다. 다른 사람들도 우르르 달려들었다. 나는 순식간에 뒤로 떠밀려 나왔다. 몰리오가 보이지 않았다. 그저 '안녕하세요', '반가워요' 하는 목소리만 들렸다. 쿠당탕! 사람들은 소리를 지르며 조금씩 물러났다. 누군가가 픽, 웃었다. 푸흡, 크하핫, 우하하하. 바보네 바보야. 아직 저렇게밖에 못 만드나 봐. 저딴 걸 뭣 하러 만드나. 저거 다 세금으로 만든 거잖아. 돈 지랄이지, 돈 지랄.

사람들이 하나둘 떠나갔다. 몰리오는 뒤로 넘어진 채 버둥거리고 있었다.

"몰리오, 못 일어나겠어?"

"네, 왼쪽 다리가 아예 접히질 않아요."

일어서려고 할 때마다 왼쪽 다리가 비틀리며 끼익끼익

거렸다. 다시 몸통을 잡아 일으켜 세워 줬다. 몰리오는 아까보다 더 심하게 절뚝거렸다.

대전 가는 표 파는 곳을 찾는 데도 한참이 걸렸다. 표를 사려니까 고민이 됐다. 어린이용 표를 사야 하나, 청소년용을 사야 하나? 몸무게는 어른만큼 나가니까 어른 요금을 내고 표를 샀다. 몰리오는 정말 천천히 걸었다. 버스 승강장까지 가는 데 10분도 넘게 걸린 것 같다. 대전 가는 버스만 태워 주면 방학 숙제 끝이다. 남은 3일 동안 맘 편히 뒹굴뒹굴해야지!

"몰리오, 여기서부터는 혼자 갈 수 있지? 나 이제 집에 갈게."

몰리오는 가만히 나를 바라보았다. 귀엽게 미소 짓는 얼굴이 어색하다. 나는 몰리오의 손을 잡아 억지로 악수를 했다. 하지만 몰리오는 내 손을 쥐지 않았다.

"야, 거기 너희들! 지금 뭣들 하는 거야?"

덩치 큰 버스 기사 아저씨가 호통을 쳤다. 눈을 부라리며 오는 품새가 심상치 않다.

"안녕하세요, 기사님. 저는 홍익인간 휴머노이드 몰리오예요. 이 버스—."

"로보트, 좋은 말로 할 때 꺼져라. 확 그냥 차 버리기 전에. 학생은 뭐야, 이거 주인이야?"

"주인이 아니라 친군데요."

아저씨가 허리에 손을 척 얹는다. 나도 허리에 손을 얹었다. 짝다리는 덤이다.

"지금 여름 방학 숙제 하는 중이에요. '평생 잊지 못할 추억 만들기'요."

"그건 내 알 바 아니고, 둘 다 내 버스는 못 타. 안 태워! 여기 있는 기사들 다 자율 주행차 때문에 피해 본 사람들이야! 로봇들 때문에. 저것들이 운전 기사 없이 버스며 트럭이며 다 운전해서 우린 길바닥에 나앉게 생겼어. 뭐, 홍익인간? 놀고 있네!"

"기사님께 생긴 일은 무척 안타깝지만, 제가 한 일은 아니에요. 분야가 다르답니다. 저는 인간과 우정을—."

"시끄럽고, 꼴도 보기 싫으니까 저리 가. 아, 빨리!"

아저씨가 밀치자 몰리오는 비틀비틀 뒤로 물러났다. 왼쪽 다리에서 끼이끽, 치칙— 요란한 소리가 났다.

"아저씨, 얘는 그냥 차 얻어 타면서 여기저기 돌아다니는 로봇이에요. 버스 운전이랑은 아무 상관도 없어요."

"허어, 쬐그만 게 되바라져서 어른한테 꼬박꼬박, 혼 좀 나 봐야 정신 차리겠구먼!"

"하아…… 아저씨, 우리 아빠가 대전 지방 경찰청 강력 2반 형사라서 좀 아는데요, 아저씨가 저한테 막 소리 지르고 겁주고 이러는 거 다 아동 학대예요. 그리고 승차 거부, 뭐 그런 것도 신고하라던데? 아빠한테 물어봐야겠다."

내가 휴대폰을 꺼내 들자 아저씨는 흠흠, 헛기침을 했다. 나는 그 틈에 부리나케 달려가 내 표를 사 왔다. 아저씨는 몰리오에게 뭐라고 뭐라고 계속 다그치고 있었다. 몰리오는 여전히 귀여운 미소를 짓고 있을 뿐이다. 몰리오의 손을 꽉 움켜잡고 버스에 탔다. 몰리오도 내 손을 꼬옥 잡았다. 아저씨는 더 뭐라고 하진 않았다. 버스가 출발하자 절로 한숨이 나왔다. 룸미러로 아저씨의 사나운 눈빛이 보였다. 나도 최대한 얼굴을 찡그려 눈빛을 사납게 만들었다. 휴대폰을 들고 통화하는 척 '아빠, 나 몰리오랑 지금 버스 탔어요, 이따 또 전화할게요!' 큰 소리로 말했다. 몰리오가 내 귀에 대고 소곤거렸다.

"보나 양, 정말로 아빠가 강력계 형사님이세요?"

"우리 아빤 고깃집 사장님이야, 엄만 회장님이고."

"아하, 제 대가리는 보나 양에 비하면 계산기 버튼 하나도 못 되네요."

우리는 고개를 푹 숙이고 킥킥거렸다. 몰리오 웃음소리가 꼭 아기 웃음소리 같다. 어째 숙제가 빨리 끝나지 않을 것 같다.

꾸룩, 꾸르륵, 꾸르르르륵…….

대형 사고다! 아까 서창수네 집에서 수박을 먹은 게 탈이 났나 보다. 얼굴이랑 등에서 식은땀이 뻘뻘 났다. 손발이 차갑고 후들후들 떨렸다. 휴게소에 도착하자마자 몰리오를 데리고 버스에서 내렸다. 급하게 여자 화장실로 갔더니만 뭐? 공사 중입니다, 이용에 불편을 드려서 죄송합니다? 아니, 죄송하면 불편 주지 말라고요! 딸랑 두 칸짜리 이동식 화장실 앞에는 한 삼십 명이 서 있었다. 어쩌지, 더 이상은 무리야, 못 참는다고! 그때 몰리오가 남자 화장실로 들어갔다. 곧 요란하게 사이렌 소리가 울렸다.

"긴급 점검입니다! 유독 가스 누출 신고가 접수되어 점검을 나왔습니다. 속히 대피해 주십시오!"

화장실에서 남자들이 허겁지겁 뛰어나왔다. 몰리오가 손짓으로 날 불렀다. 난 남자 화장실에서 시원하게 볼일을 봤다. 몰리오는 내가 나올 때까지 계속 사이렌 소리를 냈다. 나는 이제 됐다고 조그맣게 말했다.

"협조에 감사드립니다. 앞으로 30분 후면 이용하실 수 있습니다. 마지막까지 주의해 주시길 바랍니다."

속을 비워 내자 배가 고파졌다. 버스표 사고 남은 돈으로 떡볶이랑 사이다를 샀다. 그런데 우리가 탔던 버스가 어느 자리에 있었더라?

"몰리오, 우리가 타고 온 버스 어디 있는지 알아?"

"아까 갔어요."

"……뭐?"

"아까 우리가 내리자마자 바로 갔어요."

설마! 주차장으로 뛰어갔다. 없다, 진짜 없다! 어떻게 이 럴 수가…….

"넌 그걸 보면서도 가만히 있었냐?"

"우리가 세워 달라고 해서 설 거였으면 애초에 출발하지 도 않았겠죠. 그리고 보나 양은 급똥을 때려야 했어요."

"야! 그럼 이제 어떡해? 난 여기가 어딘지도 모른단 말 이야!"

아빠한테 전화하려고 휴대폰을 보니 맙소사, 배터리가 없어 꺼져 있었다.

진짜 망했다, 집엔 어떻게 가지? 왜 이렇게 된 거야!

괜히 강가에 가서는 물에 빠진 로봇이나 구하고. 서창수 네 집에 가지 말걸. 아까 터미널에서 집에 갔어야 했는데. 어떡하지? 목구멍이 따끔거리고 코끝이 찡했다. 눈물이 나 올까 봐 눈을 막 깜빡였지만……. 몰리오의 딱딱한 손가락 이 내 눈물을 닦았다. 긁히고 찌그러지고 칠도 벗겨진 몰리 오의 손.

"미안해요."

"……됐어, 너 때문 아냐."

"아니에요, 저 때문에 이렇게 된 거예요. 저는 가는 곳마 다 소란만 일으켜요. 인간과 우정을 나누는 게 목표인데, 이번 생은 망했어요. 저 같은 건 빨리 재활용 쓰레기가 되 는 게 나아요."

"야, 도대체 그런 말은 누구한테 배웠니? 어디서 미운 말만 골라 배웠어, 어휴!"

아빠는 어려울 때일수록 배가 든든해야 된다고 했다. 떡볶이를 꽉꽉 씹어 먹었다. 사이다도 벌컥벌컥 들이켰다. 배가 든든해지니 좀 낫다. 그래, 평생 잊지 못할 추억이 쉽게 만들어지겠어? 어쩐지 처져 보이는 몰리오의 어깨를 팡팡 세게 두드렸다.

"괜찮아, 어떻게든 갈 수 있어. 정 안 되면 경찰 아저씨한테 도와 달라고 하지 뭐, 안 그래?"

우히히! 웃음소리를 내던 몰리오가 갑자기 엄지손가락을 치켜세우며 뒤뚱뒤뚱 걸었다.

"아, 저기!"

몰리오가 막 출발하는 트럭 한 대를 가리키며 외쳤다.

"저거 대전 트럭이에요! 히치하이킹, 히치하이킹요!"

나도 엄지손가락을 치켜세우고 있는 힘껏 뛰어갔다. '희선이네 싱싱야채' 트럭이 우리 앞에 섰다. 우리는 트럭 운전사에게 코가 땅에 닿도록 꾸벅 인사를 했다. 아저씨인 줄 알았더니, 아주머니였다. 햇볕에 그을린 팔뚝이 내 허벅지만큼 두꺼운 희선이 아줌마는, 대전에 채소를 납품하러 가는 길이라고 했다. 아줌마는 유심히 우리를 뜯어봤다. 왜 여기 있냐, 미아냐, 가출했냐, 누구한테 쫓기냐, 경찰을 불러 주랴 꼼꼼하게 물었다. 몰리오는 묻는 말에 조목조목 똑

부러지게 대답했다. 나는 얘를 연구소에 데려다주는 게 방학 숙제라고 했다. 미간을 찌푸리며 열심히 듣던 희선이 아줌마는 우리를 대덕연구단지 근처까지 태워다 주기로 했다! 게다가 내 휴대폰도 충전시켜 주고, 엄마한테 전화하라며 아줌마 폰도 빌려줬다.

"엄마, 나 보나."

"얘, 넌 전화도 안 받고 어딜 그렇게 돌아다녀? 이 전화는 누구 거야?"

"어…… 그게, 배터리가 없어서 친구 거 빌렸어."

"친구 누구? 방학 숙제는 하고 노는 거야, 지금?"

"엄마 모르는 애들 있어, 희선이랑 몰리오. 나 얘네랑 숙제하고 이따 저녁때 갈게!"

얼른 전화를 끊어 버렸다. 희선이 아줌마는 트럭 지붕이 떠나가라 웃었다. 몰리오도 아기 웃음소리를 내며 웃었다. 몰리오는 재잘재잘 쉬지 않고 자기 얘기를 풀어놨다.

"제가 227일 살인데요, 오늘이 제 인생 최고의 날이에요, 지난 설엔 차를 못 잡아서 대관령을 걸어서 내려왔어요, 눈보라랑 같이요, 5월엔 사과 농장에서 3일간 지냈는데 욕을 많이 배웠어요, 사는 게 더러울 때 쓰면 좋대요, 목포에선 회 뜨는 것도 해 봤어요, 해운대에선 수학여행 온 중학생들이랑 로봇 춤을 췄고요, 이 노래에 맞춰서요!"

몰리오는 신나는 음악을 재생하며 로봇 춤을 보여 줬다.

희선이 아줌마도 어깨를 들썩이며 장단을 맞췄다. 모처럼 눈물 나게 웃었다.

희선이 아줌마는 월평역 대형 마트 앞에 차를 세웠다. 여기서 연구소까지 걸어서 20분이면 간다고 했다. 희선이 아줌마는 우리랑 하이 파이브를 했다. 집에서 쫓겨나면 자기네 농장으로 오라고 했다. 훌쩍, 트럭에 올라타는 희선이 아줌마는 정말 멋졌다.

작은 고물상을 지나자 예쁘게 단장한 강이 보였다. 강 가운데 있는 공원이 퍽 멋졌다. 저 건너편이 몰리오네 집이다. 몰리오의 걸음이 빨라졌다.

"보나 양, 저는 꿈이 있어요."

"로봇도 꿈이 있어? 좋네, 난 얼른 숙제 끝내고 집에 가는 게 꿈이야."

"정말요? 저랑 비슷하네요. 제 꿈은 마지막 히치하이커가 되는 거예요. 저의 이 두 발로 집에 돌아가는 거죠."

헤헤 웃던 몰리오가 갑자기 나를 획 밀쳤다. 어, 어…… 나는 주춤거리다 뒤로 넘어졌다. 그리고 픽! 급하게 커브를 틀던 오토바이가 몰리오를 날려 버렸다. 텅, 터텅, 텅. 몰리오가 저만치 굴러갔다. 넘어진 오토바이 운전자는 금방 일어섰고 몰리오는 일어나지 못했다. 사색이 되었던 운전자는 넘어진 것이 '로봇'인 걸 보고 안심하는 듯했다. 쓰윽 주변을 둘러보더니 그냥 가 버렸다. 나더러 똑바로 보고 다니라고 소리친 것도 같다. 난 멍하니 주저앉아 있었다.

"보나 양, 괜찮아요?"

몰리오가 부르는 소리에 정신이 번쩍 났다. 몰리오에게 달려갔다. 몰리오는 오른쪽 팔로 몸을 지탱하고 앉아 있었다. 왼쪽 다리가 무릎 아래부터 완전히 떨어져 나갔다. 허리에서 키잉키잉 소리가 났다. 왼쪽 팔도 움직이지 못했다. 몰리오의 다리를 주워다 몸에 대충 맞췄다.

"잠깐만 여기 있어 봐."

나는 아까 지나온 고물상으로 뛰어갔다. 주인아저씨한테 휴대폰을 맡길 테니 리어카 좀 빌려 달라고 사정사정했다. 아저씨는 '울지 말고 천천히 말해 봐' 하셨다. 그제야 난 내가 울고 있는 걸 알았다. 이야기를 다 들은 아저씨는 휴대폰 맡길 필요 없으니 쓰고 다시 갖다 놓기만 하랬다. 고맙습니다, 인사를 하려고 했는데 끄윽, 끅 울음소리만 났다.

낑낑대며 몰리오를 리어카에 앉혔다. 그리고 왼쪽 무릎에 손수건을 돌돌 감아 줬다.

"보나 양, 계속 콧물이 흐르고 있어요. 진짜 더러워서 못 봐 주겠어요."

"나도 알거든!"

우히히, 몰리오가 웃음소리를 냈다. 나도 따라 웃었다. 그래야 될 것 같았다. 리어카가 무거워서 앞으로 잘 안 갔다. 그나마 오르막길이 아니라서 다행이다. 강 너머 노을이 고운 다홍빛이어서 다행이다.

"전 정말 운이 좋아요. 길에서 227일 동안 생존한 휴머노이드니까요."

운이 좋기는 개뿔, 이라고 말하고 싶었는데 목구멍이 따끔거려 못 했다. 또 콧물이 난다.

"저보다 먼저 히치하이킹을 했던 휴머노이드가 세 대 더 있었어요. 우린 1년 동안 전국을 돌며 사람들이랑 부대끼며 지내야 했죠. 첫째는 출발 3일 만에 춘천에서 교통사고를 당해서 박살이 났어요. 운전자는 로봇이 얼마나 튼튼한지 알고 싶어서 그랬대요. 둘째는 작년 가을에 내장산에서 굴러떨어져 해체됐고요. 술 취한 등산객 몇 명이 로봇이라 날 수 있는 줄 알았다나. 셋째는 지난 크리스마스 때 연안 부두에서 실종됐죠. 갠 아직도 못 찾았어요."

"그럼 네가 넷째인 거야?"

"네, 다행히도 제가 나머지 기간을 채웠죠. 다 보나 양 덕분이에요. 보나 양이 없었다면 전 재활용 쓰레기가 되고 우리 집은 폭삭 망했을 거예요."

"……나도 네 덕분에 방학 숙제 다 했어."

몰리오는 언제 꺾었는지 달개비꽃 한 송이를 건넸다.

"보나 양, 제 첫사랑이 돼 줄래요?"

"뭐어? 야, 넌 로봇이잖아."

"어때요, 우정도 사랑이잖아요. 앞으로 제 데이터를 바탕으로 나오는 모든 아이들은 보나 양이 보여 준 '사람의 마음'을 기억할 거예요."

피식 웃음이 났다. 달개비꽃을 휴대폰 케이스에 넣었다. 리어카가 한결 가볍게 느껴졌다.

드디어 연구소가 보였다. 웅성웅성, 입구에 사람들이 모여 있고 '어서 와, 몰리오' 플래카드가 보였다. 우리를 본 아줌마랑 아저씨가 부리나케 뛰어왔다.

"세상에! 몰리오, 이게 무슨 꼴이야?"

"괜찮아요, 이 정도면 고치는 데 문제없어. 여기요, 몰리오 도착했어요!"

아저씨는 몰리오를 리어카에서 꺼냈다. 사람들이 우르르 몰려왔다. 몰리오를 와락 끌어안고 입을 맞췄다. 서로 부둥켜안고, 박수를 치고, 환호성을 질렀다. 몰리오는 그렇게 또 사람들에게 둘러싸였다. 까르르, 아기 웃음소리가 들리는 듯했다.

이제 리어카 갖다 놓고 집에 가야지. 길가엔 달개비꽃이 한창이었다.

월평역에서 구암역으로, 구암역에서 유성 고속터미널로, 유성 고속터미널에서 광주 유스퀘어 터미널로. 배도 고프고 다리도 아프고. 집까지 가기엔 너무 늦어서 부모님 가게로 갔다. '다녀왔습니다', 인사를 해도 대답이 없다. 부모님은 텔레비전에만 정신이 팔려 있다.

"엄마, 아빠, 나 왔다고!"

"야, 이보나! 지금 저거, 저거 너 맞지?"

「대한민국 국민 모두에게 기쁨을 선사한 속보였지요. 계속해서 '마지막 히치하이커 몰리오'에 관한 소식입니다.

홍익인간 프로젝트 완성에 결정적으로 기여한 소녀가 있습니다. 보시는 것처럼 강에 빠진 몰리오를 건져 내고, 부서진 몰리오를 리어카에 실어 연구소까지 데리고 왔습니다. 로봇으로 이윤을 추구하는 데에만 몰두하는 기업가들, 자신이 저지른 폭력을 외면하는 이들, 그런 어른들 속에서 로봇과 동행한 소녀. 로봇은 사용자의 명령에 충실하도록 만들어집니다. 그렇다면 어떤 목적으로 로봇을 만들어야 할까요? 누구나 로봇을 사용해도 될까요? 로봇을 구한 소녀에게서 우리는 무엇을 발견해야 할까요?

한편, 몰리오는 이 소녀의 연락처를 미처 받지 못해 안타까움을 표하고 있습니다. 연구소 측에서는…….」

2017년 중복과 말복 사이의 어느 날이었습니다.

인터넷을 헤매다 사진 한 장을 봤습니다. 어설퍼서 귀여운 로봇이었는데요, 그럴듯하게 움직이거나 말을 하진 못하지만 눈을 떼지 못하게 하는 매력이 있었어요. 이름은 '히치봇'. 히치봇은 손가락 하나에 의지해 캐나다에서 독일로, 미국으로 여행을 다녔습니다. 사람들은 히치봇을 자신의 차에 태웠고, 집에 초대해 파티를 열었고, 함께 야구 경기도 관람했습니다. 히치봇과 함께한 사람들은 무척 즐거워 보였어요. 그런데 이 유쾌한 여행은 뜻밖의 비극으로 끝났죠. 어느 늦은 밤, 술에 취한 듯 보이는 한 사람이 히치봇을 부숴 버렸습니다. CCTV로 얼핏 보였을 뿐, 누가 그랬는지 왜 그랬는지 정확히 알 수 없었어요. 히치봇은 고칠수 없을 정도로 망가져 버렸죠. 히치봇의 여행은 그렇게 끝났습니다. 저는 잠시 멍해졌어요. 거기서 왜 폭력이 나와?

저는 히치봇의 히치하이킹을 좀 더 보고 싶었어요. 가능하면 같이 여행을 하고 싶었고요. 그래서 만년필을 들었고 노트북을 켰습니다. 새로운 방법으로 사람들의 마음 사이를 여행하고 싶었나 봅니다.

세상에는 수많은 이야기가 있습니다.

저는 '이미'와 '아직' 사이에서 생겨나는 이야기를 좋아해요.

이미 왔지만 아직 도착하지 않은 세상. 그곳을 더듬어 보는 것이 꽤 즐거운 일입니다. 세상은 어떻게 변할까, 무엇이 남고 무엇이 사라질까, 새로 생겨나는 건 뭐가 있을까, 사람은 어떻게 살까, 무엇이 사람을 사람이게 할까. 생각하면 할수록 사람에 대한 염려와 애정과 희망을 품게 됩니다. 그리고 지금까지 살았고 앞으로도 살아갈 이 세상을 경외하게 됩니다. 보다 많은 것을 마음에 담고 싶어진달까요.

이것이 제가 과학 소설을 좋아하게 된 이유입니다.

먼저 이재복 선생님과 공지희 선생님께 감사의 인사를 드립니다. 제 이야기에 관심을 갖고 열심히 읽어 줬던 글벗들, 참말로 고맙습니다.

제 이야기를 뽑아 주신 심사위원 故김이구 선생님, 박상준 선생님, 안미란 선생님과 진행 위원 선생님들께 감사의 인사를 드립니다. 그리고 한낙원 선생님과 유족분들께 마음을 담아 깊은 감사의 인사를 드립니다. 선생님들의 응원에 힘입어 흥겹게 이야기쟁이의 길을 가겠습니다. 제 원고를 멋지게 책으로 엮어 주신 편집부 선생님들께도 감사의 인사를 드립니다.

문이소

수상작가 신작

목요일엔
떡볶이를

문이소

인터폰 벨을 누를 수 없었다. 약속 시간보다 7분 21초나 먼저 도착했기 때문이다. 첫 방문이므로 시간을 정확히 지키는 편이 좋겠다고 판단하기까지 2초, 라운지로 내려가 6분간 소파에서 대기하기로 결정하기까지 1.3초가 걸렸다. 내려가는 엘리베이터 버튼을 눌렀다. 기다리는 동안 매무새를 점검했다. 귀 뒤로 넘겨 꽂은 머리카락이 흘러내렸다. 이마를 가리면 안 되므로 가르마를 다듬는데 삐로롱, 현관문이 열렸다.

"어머나, 왔으면 벨을 누르지 그랬니. 어서 와!"

목요일의 할머니가 콧소리를 내며 내 손을 덥석 잡았다. 인사할 겨를도 없이 끌려 들어갔다. 집 안에는 처음 감지하는 음식 냄새 분자가 가득했다. 나는 고소함류의 냄새와 달콤함류의 냄새에 호감 반응을 취하게끔 되어 있다. 매움류의 통각 자극형 냄새에는 일차적 경계 반응을 취한다. 그런데 달콤함류 36%와 매움류 62%, 기타 2%의 냄새 분자가 동시에 감지되는 지금은 어떤 반응을 취해야 하는지 판단이 안 섰다. 비슷한 사례를 찾는 사이, 목요일의 할머니가 레몬 소다수를 내왔다. 두 손으로 유리잔을 받아 들어 공손한 태도를 취했다. 섭씨 31도의 바깥 날씨와 상반되는 차가움이 인지된다. 이것은 '상쾌함'이다.

"처음 뵙겠습니다. 은나래 소속 정서 지원자 루빈입니다. 환대해 주셔서 고맙습니다."

"무슨! 나야말로 고맙지, 혼자 사는 늙은이랑 놀아 주러 왔는데."

목요일의 할머니는 자신의 유리잔을 내 잔에 살짝 부딪쳤다. 채앵! 술을 마실 때 하는 행위로만 알았는데 음료를 마실 때도 하나 보다. 할머니는 웃으며 나를 빤히 쳐다봤다. '초롱초롱'이란 표현에 적합한 눈빛이다. 아마도 정서 지원자를 처음 봐서 호기심이 발동한 듯하다.

"얘, 넌 원래 그렇게 말하니? 너무 격식 차려 말하니까 이상해."

목요일의 할머니는 까르르 웃음을 터트렸다. 염색하지 않은 하얀 단발머리, 빨간 티타늄 안경, 주름 가득한 얼굴, 군데군데 핀 검버섯, 탄력 없이 흐물흐물한 살갗. 시력 교

정도 피부 재생 시술도 받지 않은 게 분명했다. 노화를 그대로 드러내는 사람은 드물다. '소신'의 표현일 수도 있고 '궁핍'의 결과일 수도 있다. 할머니는 집을 구경하고 있으라고 하곤 주방으로 갔다. 걸음걸이가 자연스럽지 않았다. 착용한 머슬슈트가 13년 전에 단종된 모델이다. 일상생활에 필수적인 움직임만 지원되고 수영이나 등산 같은 레저 활동은 할 수 없는 골동품이다. 3년 전에 은빛마을 지원 센터에서 머슬슈트를 구입할 형편이 안 되는 노인에게 무상으로 지급한 제품이다. 집 안의 세간도 은빛마을에서 제공한 기본형만 있을 뿐 개인적으로 구입한 가구나 장식품은 하나도 없어 보였다. 경제적 여건이 넉넉지 않음이 분명하다. 곳곳에 할머니가 그린 것으로 추정되는 그림이 많았다. 홀로그램 TV가 투영될 벽에도 그림이 빼곡했다. 대부분 액자 없이 테이프로 대충 붙여져 있다. 책상엔 손바닥만 한 작은 종이들이 콩테와 수채화 팔레트 사이에서 뒹굴고 있었다. 할머니만큼 나이 든 나무 이젤이 눈에 띄었다. 물감 자국으로 얼룩덜룩한 화판엔 아무것도 그려지지 않은 하얀 종이가 놓여 있었다. 살림집이라기보다는 작업실 같은 분위기였다. 나는 조용한 미소를 선택하고 주방에 있는 할머니를 바라봤다. 할머니는 냄비에 든 용암처럼 시뻘건 음식을 열심히 휘젓고 있었다. 나와 눈이 마주치자 할머니는 함박웃음을 지었다.

"루빈아, 이런 거 안 먹어 봤지? 짜잔, 콩나물 떡볶이!"

할머니는 기대에 찬 눈빛으로 떡볶이를 건넸다. 직접 만든 음식을 대접받은 경우는 처음이다. 어떤 표정을 지어야 하지? 게다가 떡볶이라니, 데이터에 없는 음식이라 맛도 예상이 안 된다. 이 상황은 '낭패'다. 따라서 적절한 표정 반응을 찾지 못한 경우에 대상자의 정서 표현을 80% 미만으로 재현하라는 응급 지침을 따르기로 했다. 이는 효과적인 공감 행위 중 하나이다. 할머니의 얼굴 근육 변화를 72.64% 재현하여 표정을 만들었다. 콜록콜록, 한 입 먹자 기침이 나오고 혀가 화끈거렸다. 캡사이신이 구강 내 열 수용기와 통증 수용기를 레벨 5까지 자극했다. 빠른 속도로 교감 신경계가 활성화되었다. 자극 강도가 점점 더 올랐다. 레벨 9가 되면 불에 덴 듯한 통증도 일어날 것이다. 물을 엄청나게 들이켰지만 입 안은 여전히 뜨겁고 따가웠다. 할머니는 걱정스러운 표정으로 말했다.

"매운 걸 못 먹는구나! 어쩌지, 물에 씻어 먹으면 좀 나을 거야."

"혀에 강렬한 통각을 느끼고 있습니다만, 괜찮습니다. 제겐 다양한 경험이 필요하니까요. 떡볶이는 처음 먹어 봅니다."

"뭐어, 처음? 루빈이 너, 나 안 만났으면 인생 헛살 뻔했다. 떡볶이는 진리거든! 내가 꼭 깨닫게 해 주마."

목요일의 할머니는 또 까르르 웃었다. 미각을 마비시키고 통각만 자극하는, 나트륨과 탄수화물 외에 유용한 영양 성분도 없는 이 음식의 어떤 면이 진리인 걸까? 할머니는 '진리'의 정의를 잘못 이해하고 있음이 틀림없다. 이것은 할머니의 오류다. 하지만 나는 지적하지 않기로 했다. 대상자의 오류를 교정하는 건 정서 지원자의 역할이 아니기 때문이다. 어떠한 경우에도 공감 행위가 우선이다. 밝은 미소를 선택하고 떡볶이를 한 개 더 먹었다.

"난 아흔다섯이야. 더 나이 들어 보이지?"

"네, 그렇습니다."

"푸흡! 그래, 넌 몇 살이니?"

"전 17세로 고정된 모델입니다. 자의식 구동은 2067년 1월 1일 자정에 시작되었습니다. 오늘은 시작된 지 55일째 되는 날입니다."

"루빈아, 풉, 넌 강아지처럼 귀엽게 생겨 가지고 말투가 왜 그러니?"

"아닙니다, 제 외형은 강아지를 모델로 하지 않았습니다. 1990년대 17세 여성 청소년을 모델링했습니다."

할머니는 눈물까지 흘리며 한참을 웃었다. 강아지를 닮았다는 건 친근하고 귀여운 인상이라는 표현이랬다. 그런데 내 말투가 30년 전 자율주행차의 안내 멘트 같단다. 너무나 명확하고 분명하게 사실 전달을 해서 웃긴다는 거였다. 그 점이 왜 웃음을 유발하는 건지 알 수 없었다. 좀 더 설명을 해 달라고 청하려다 그만두었다. 할머니가 무척 즐거워하고 있었기 때문이다. 이런 상황에서는 질문보다는 공감이 우선이다.

할머니는 86년 전 포장마차에서 한 개당 10원 하던 떡볶이를 다섯 개씩 사 먹었던 추억부터 꺼내 놨다. 나는 밝은 미소 상태에서 열심히 경청했다. 먹다 보니 떡볶이 한 접시를 다 비웠다. 할머니는 오붓하게 떡볶이를 먹으니 옛날 친구들 생각도 나고, 모처럼 설렌다고 했다. 다음 주에는 아주 기똥찬 걸 만들 테니 기대하라고 했다. 기대에 찬 몸짓을 연출하기 위해 밝은 미소 상태에서 두 손을 모으고 가볍게 박수를 쳤다. 할머니는 또 까르르 웃었다. 배정된 정서지원자가 안드로이드라고 해서 말이나 통할까 싶었는데, 이렇게 즐거울 줄 몰랐다고 했다. 칭찬을 들었으므로 나는 고마움을 표현하기로 했다. 허리를 깊이 숙여 인사했다. 어째서인지 할머니도 배꼽 손, 하더니 엉덩이를 뒤로 쭉 빼며 인사했다. 배꼽 손은 배꼽을 손으로 가린다는 은어로 추정되었다. 그러나 노인이 왜 소녀에게 엉덩이를 쭉 빼며 인사할까? 오래전에 유행했던 유머일 가능성을 배제해선 안 되므로 은은한 미소를 선택했다. 배정된 시간이 다 되자 할머니는 라운지까지 내려와 배웅해 줬다. 배웅을 받는 경우 역시 처음이라 어떻게 인사해야 하는지 판단이 안 섰다. 내가 머뭇거리자 할머니는 대충 웃으며 할머니, 안녕! 하면 된댔다. 그렇게 인사하자 할머니는 오냐, 조심해서 가라, 답했다. 뭘 조심해야 하는지 안 가르쳐 줬지만 방문 시간이 초과되어서 묻지 못했다. 다음 주에 만나면 제일 먼저 이걸 물어봐야 한다.

목요일은 더디게 왔다.

월요일과 수요일에는 해야 할 일이 많고, 화요일에는 해야 할 말이 많았다. 같은 세 시간이라도 무얼 하느냐에 따라 체감되는 시간의 길이가 다르다는 걸 알았다. 정서 지원자는 대상자의 요구에 따라 다양한 일을 수행한다. 재떨이를 비우고, 청소를 하고, 쓰레기 분리수거를 하고, 손빨래도 한다. 규정에 어긋나는 일이 아닌 이상, 대상자가 요구하는 일은 다 수행해야 된다. 가장 긴 세 시간은 화요일이었다. 화요일의 할머니 앞에서 나는 쓰레기통이 된다. 폭력적인 제스처와 욕설을 동반하여 짜증을 비롯한 온갖 불쾌한 정서를 내게 쏟아붓는다. 세 시간 동안 쉬지 않고 말이다. 그런 면에서 목요일의 할머니는 남다르다. 육체적인 일을 요구하지도 않고 나를 분노 감정 해소의 용도로 쓰지 않는다.

두 번째 방문일, 목요일의 할머니는 정통 떡볶이와 군만

두를 만들어 놓고 나를 기다렸다. 군만두는 그냥 먹는 게 맛이 좋았는데 할머니는 반드시 떡볶이 국물에 찍어 먹어야 한다고 했다. 안 맵게 했다지만 여전히 입 안이 얼얼할 정도로 매웠다. 할머니는 먹기 힘들면 안 먹어도 된다고 했다. 그러나 정황상 먹는 것이 옳다고 판단되었다. 내 몫을 남김없이 다 먹었다. 밝은 미소를 유지하는 데 예상보다 많은 에너지가 들었다.

"루빈아, 너 그림 그릴 줄 아니?"

"실제로 그려 본 적 없습니다. 미술사 전반에 대한 지식과 미술 해부학, 투시 원근법, 색채학 등 회화 전반에 대한 정보는 언제든 접촉할 수 있습니다. 무엇을 원하시는지요?"

"흐흐흐, 그릴 줄은 모르고 말만 할 줄 안다 이거지? 그럼 저건 어떠냐?"

목요일의 할머니는 50호짜리 나무 화판을 가리켰다. 화판엔 크고 작은 켄트지가 열세 장 붙어 있었다. 모두 나무 그림인데, 나무 같은 나무는 하나도 없다. 검게 탄 나무, 해를 끌어안고 불타는 나무, 뿌리가 하늘로 올라간 나무, 물을 잉태한 나무. 주제 선택과 색채 사용으로 미루어 보아 20세기 표현주의의 영향을 받은 것으로 추정되었다. 장 미셸 바스키아와 프리덴스라이히 훈데르트바서의 작품을 참고했을 가능성도 높았다.

"표현주의를 좋아하시나 봅니다."

"좋아한다기보다는 그것밖에 못 해. 내가 좀 옛날 사람이잖니. 보니까 어떤 느낌이 들어?"

"저희 은나래 소속의 안드로이드들은 무연고 노인과 그에 준하는 노인들의 정서 지원을 위해 제작되었습니다. 정서 지원자로서 인격 형성은 되어 있으나 완성된 상태는 아닙니다. 따라서 아직 즉각적인 감정 반응은 미숙합니다."

"어머나, 그럼 성장기 아이가 맞는 거네? 신기해라. 그래도 느낌이 전혀 없는 건 아니지?"

"네, 어느 정도는 느끼고 있습니다. 자의식이 형성되어 있기 때문에, 인간을 기준으로 인격적인 모욕감을 느끼는 상황을 맞닥뜨리면 불쾌감을 느낍니다. 예를 들어 성인 남성이 게임을 하면서 벌칙으로 속옷을 벗으라고 하거나 손만 잡고 같이 누워 있자고 하면—."

"뭐? 잠깐, 루빈아 그거 진짜 있었던 일이니?"

"네? 네, 2주일 전에—."

"이런, 늙은이가 돌았나! 노망이 나도 곱게 나야지, 뭐가 어쩌고 어째? 그 인간 누구냐, 지금 가자!"

할머니는 벌떡 일어나 카랑카랑하게 소리쳤다. '서슬이 퍼렇다'는 표현이 떠올랐다. 나는 규정을 근거로 분명하게 거절했고 그 이후로는 비슷한 종류의 제안을 받지 않았다고 말했다. 그래도 할머니는 진정할 기미가 안 보였다. 내 손목을 잡아끌며 같이 가자, 제대로 본때를 보여 줘야 한다며 분통을 터트렸다. 예상치 못한 감정 반응이었다! 일단, 정서 지원 중에 있었던 일을 슈퍼바이저 외에게 발설하는 건 규정에 어긋나는 일이므로 내가 무척 곤란해진다고 말씀드렸다. 할머니는 또다시 그 슈퍼바이저는 잘해 주냐, 그 늙은이를 혼내 준다더냐 하며 다그쳤다. 갑자기 왜 슈퍼바이저에 대해 묻는 걸까? 이해되지 않았다. 무척 혼란스러웠다. 어떻게 답변해야 되는지 판단이 안 섰다. 대화를 이어 갈 수가 없었다. 가만히 있자 할머니는 내 옆에 앉아 손을 꼬옥 감싸 쥐었다.

"루빈아, 너 정말 괜찮니?"

"저의 어느 부분에 대해 괜찮냐고 물으시는 건지요?"

"그러니까, 그 늙은이한테 내가 같이 안 가도 되겠냐고. 내가 이렇게 부들부들 떨리는데, 너 진짜 괜찮은 거냐고."

"아, 네. 이미 지난 일이고 일단락된 일이므로 괜찮습니다. 하지만 할머니께 말했다는 사실이 알려지면 무척 곤란해집니다."

"알았다, 내 모른 척하마. 대신, 슈퍼바이저한테 제대로 말해야 한다. 절대로 그냥 넘어갈 일 아니야, 알겠니?"

"네. 할머니의 의견을 반드시 참고하겠습니다."

"정신 똑바로 차려야 해! 어쭙잖은 놈들한테 휘둘리지 말고, 응?"

아, 할머니는 나를 '염려'하는 거다! 그렇다면 잔잔한 미소로 고마움을 표현하면서 긍정의 대답을 하면 된다. 서둘러 미소를 짓는데 나무 그림 하나가 눈에 들어왔다.

"그런데 할머니, 방금 전 할머니는 꼭 이 나무 같았습니다."

잿빛 어둠 속에서 아홉 개의 가지가 불타고 있는 나무였다. 할머니는 너털웃음을 지었다. 〈길잡이〉, 할머니가 가장 아끼는 작품이라고 했다. 내게 그림 보는 눈이 있다면서 다음에 같이 그림을 그리자고 했다. 그러곤 〈길잡이〉 아래에 있는 그림을 떼어 건넸다.

"〈꽃 피우기 좋은 날〉인데, 널 닮은 것 같구나."

밤은 끝났지만 아직 아침이 되기 전, 텅 빈 구멍에 조그맣고 하얀 꽃을 피운 어린 나무였다. 저절로 은은한 미소가 지어졌다! 한참 동안 그림만 바라봤다. 어느새 방문 시간 종료 알람이 울렸다. 이번에도 할머니는 라운지까지 배웅해 줬다. 할머니는 내 어깨를 부드럽게 감싸 안았다.

"루빈아, 난 네 편이야. 무슨 말인지 알지?"

난 환한 미소를 지으려고 했는데 잘 되지 않았다. 토닥토닥, 등을 두드리는 할머니의 손바닥이 따스했다. 아마도 이것이 '위로'인 듯하다.

월요일부터 수요일의 생체 에너지 소모량은 점점 늘어

갔다. 바디 체크 데이터를 취합해 보니, 세 시간 동안 집안 일을 하고 푸념을 들어 주는 일이 평상시의 세 배에 달하는 에너지를 소비한다는 결과가 도출됐다. 예상 밖이었다. 슈 퍼바이저도 무척 놀라워했다. 프로젝트 중간 평가에서 정 서 지원의 범주에 대한 재논의와 감정 노동에 대한 재평가 가 이루어져야 한다고 의견이 모아졌다. 은나래 본부에서 는 인격 형성 프로그램이 진화하는 데 유의미한 결과를 도 출했다며 자축했다. 슈퍼바이저와 은빛마을 운영 위원회로 격려금이 전달되었다. 그런데 이번 중간 평가에서 내가 당 한 성희롱과 감정 착취에 대한 논의는 다루어지지 않았다. 분명히 슈퍼바이저에게 사실을 전달했는데도 말이다. 슈퍼 바이저는 앞으로 유사한 상황에 처하면 영상 데이터를 확 보하고 즉시 보고하라는 지침만 내렸다. 슈퍼바이저는 분 통을 터트리지도, 내 손을 잡아 주지도 않고 말했다. 불현 듯 목요일의 할머니가 생각났다.

목요일, 할머니는 떡볶이 대신 앞치마를 건넸다. 노란 병 아리가 그려진 분홍색 앞치마였다. 처음 입는 색상의 의복 이었다. '어색함'이 떠올랐지만 할머니가 잘 어울린다고 했 으므로 개의치 않았다. 할머니는 분홍 나비가 그려진 연두 색 앞치마를 입었다. 아주 잘 어울린다고 하니까 할머니는 엄지손가락을 치켜세우며 웃었다. 카레 떡볶이 재료를 준

비해 놨으니 함께 만들자고 했다. 음식을 만드는 첫 경험이었다. '흥분됨'과 '기대감'이 동시에 떠올랐다. 할머니는 레시피 따위, 라며 음식은 '감'으로 하는 거라고 했다. 감은 경험을 바탕으로 한 직관을 뜻하는 것이다. 따라서 할머니에겐 떡볶이를 만드는 감이 있겠지만 내게는 없다. 할머니한테 만드는 과정을 영상 데이터로 남겨도 되겠냐고 물었다.

"왜?"

"영상 데이터를 남기면 정확하게 기록됩니다. 그러면 실수할 위험이 없습니다."

할머니는 푸홉, 웃었다. 눈동자가 반짝반짝 빛난다.

"루빈아, AI들이 사람이랑 뭐가 다른지 아니?"

나는 가만히 있었다. 차이점을 일일이 나열해야 하는 상황인가?

"사람들은 자주 틀려, 잊어버리면서 살거든. 그런데 AI들은 못 틀리잖아. 말하는 것만 봐도 그래. 발음도 또박또박하고, 논리도 분명하고, 문법도 정확히 맞고. 얼마나 부자연스럽니. 없어지고 틀리는 게 자연스러운 거야. 사람처럼 되려면 잊어버리고 틀려야 해, 자유롭게."

"그런 것도 자유라는 개념에 들어간다는 말씀입니까?"

할머니는 배시시 웃으며 카레 떡볶이를 먹었다. 첫 합작품치고는 모양도 맛도 그럴싸하다고 했다. 하나 먹어 보니 나쁘지 않았다. 하지만 떡볶이의 매운 맛은 카레보다는 고추장과 고춧가루가 더 적합하다는 결론을 내렸다. 할머니는 손뼉을 치며 좋아하셨다. 나도 이제 떡볶이 맛을 알아가는 거랬다. 다음엔 또 다른 떡볶이를 알려 준다고 하셨다.

"엄마가 떡볶이 장사를 했어. 어릴 땐 다들 떡볶이를 좋아하잖아, 세상 부러울 게 없었지. 그런데 딱 네 나이쯤 되니까 엄마가 창피하더라. 반지하에 사는 것도 창피하고, 부모님 이혼한 것도 창피하고. 엄마 가게 근처엔 얼씬도 안 했어. 그러다가 고2 때였지 아마? 친구들이 같이 기똥찬 떡볶이를 먹자면서 글쎄, 엄마 가게로 가는 거야. 어, 어……하다가 들어가 버렸지. 엄마를 모른 척했어, 잠깐 멈칫하던 엄마도 날 모른 척 했고……. 그런데 같이 간 친구 하나가 엄마한테 떡볶이 진짜 맛있다면서 아줌마 딸 있느냐고, 아줌마 딸은 최고 좋겠다는 거야. 자기 엄마는 음식을 안 해주나 뭐라나, 자기가 가짜 딸 하면 안 되냐고 하는데 아이고, 갑자기 눈물이 왈칵 쏟아지데? 애들이 왜 우냐고 하는데 할 말이 있어야지, 그냥 매워서 운다고 했어. 너무 맵다고 엉엉 울었지. 하하!"

할머니 눈동자에 말간 물이 고였다. 그 기똥찬 떡볶이들은 할머니를 미대에 보냈다. 그래서 할머니 그림에는 기똥찬 유전자가 있단다. 떡볶이들은 작은 빌라를 샀고 할머니의 동생을 결혼시켰다. 떡볶이들은 정말 많은 일을 해냈다. 할머니는 내가 먹은 떡볶이들이 그 떡볶이의 후손이니 나도 기똥찬 인생을 살게 될 거라고 했다. 아까 떡볶이를 남기지 않고 다 먹기를 잘했다.

다음 주엔 날이 좋으면 소풍을 가기로 했다. 목요일엔 세 시간이 3분처럼 흐른다. '아쉬움'이란 감정에 대해 생각해 봐야 할 때이다.

일요일부터 화요일까지 장대비가 쏟아졌다. 수요일 오전부터 갠다는 걸 알면서도 계속 기상 정보를 확인했다. 화요일의 할머니는 며칠 우중충한 날씨 때문에 우울증이 더 심해졌다. 본인의 요청으로 선택적 세로토닌 재흡수 억제제를 복용하기 시작했다. 전기 자극 치료를 받는 편이 훨씬 더 효과적이라고 말했다가 따귀를 맞았다. 고철덩어리 주제에 감히 사람을 좌지우지하려는 거냐며 고함을 질렀다. 그런 의도가 아니라고 말했지만 흥분을 가라앉히지 않았다. 이런 폭력 행위는 규정에 어긋나므로 영상 데이터를 제출하겠다고 하자 그제야 잠잠해졌다. 그 뒤로 두 시간 동안 아무 말도 하지 않았다. 나 역시 아무 말도 하지 않았다. 두 시간이 스물네 시간처럼 길었다. '지루함'과 '거부감'에 대해 생각했다.

목요일은 화창했다. 할머니는 김밥과 샌드위치를 만들어 놓고 나를 기다렸다. 떡볶이는 불어서 맛이 없을 것 같아

안 만들었다고 했다. 새로운 떡볶이를 맛볼 기회가 한 주 미뤄진 거다. 아쉽습니다, 말을 해 놓고도 깜짝 놀랐다. 아쉬움이란 감정이 즉각적으로 산출된 것도 놀랍지만, 할머니의 반응을 예상치 않고 바로 말한 것이 더 놀라웠다. 이는 명백한 실수다! 하지만 할머니는 까르르 웃으며 너도 이제 떡볶이 맛을 알았구나 하며 즐거워했다. 할머니가 그리 말하니 긴장 상태가 완화되었다. '안심', 안심이다.

할머니 머슬슈트의 성능을 신뢰할 수 없었기에 나는 할머니를 업고 가려고 했다. 하지만 할머니는 한사코 당신이 걷겠다고 했다. 할머니는 갈색 리본이 달린 밀짚모자를 썼다. 내게는 하늘색 리본이 달린 밀짚모자를 건넸다. 할머니도 나도 모자가 썩 잘 어울렸다.

우리는 아주 천천히 길을 나섰다. 할머니네 빌라 뒤쪽에 있는 산책로를 따라 까치산에 올랐다. 산이라기보다는 언덕에 가까웠다. 할머니는 조팝나무꽃과 찔레꽃을 제일 좋아한다고 했다. 조팝꽃은 다 졌지만 찔레꽃은 한창이었다. 찔레꽃 향기에 취한 할머니는 가수 장사익의 〈찔레꽃〉을 구성지게 불렀다. 할머니의 노래를 들으면서 원곡을 검색했다. 무려 1995년 8월에 발매된 노래였다. 음성 데이터를 분석해 보니 장사익이란 가수가 얼마나 탁월한지 알 수 있었다. 하지만 할머니의 찔레꽃이 더……. 할머니의 음성 데이터를 남기기 위해 다시 불러 달라고 했지만 할머니는 부끄럽다며 끝끝내 거절했다.

정상에는 붉은 소나무 군락지가 있었다. 할머니는 그중 가장 붉은 소나무 한 그루에게 '볼 빨간 아이'라고 이름 붙였다. 우리는 볼 빨간 아이 그늘 아래에 자리 잡았다. 김밥과 샌드위치를 꺼냈다. 김밥은 참치를 마요네즈에 버무려 넣은 참치김밥이었다. 맛이 무척 좋았다. 샌드위치는 호밀 식빵에 크림치즈와 딸기 잼을 바른 것이었다. 단순한 맛이었지만 역시 좋았다. 그런데 자꾸 떡볶이가 떠올랐다. 할머니에게는 말하지 않았다. 할머니의 성격 특성상 당장 내려가 떡볶이를 해 줄 가능성이 높았기 때문이다. 햇살은 따갑지만 바람은 선선했다. 할머니는 눈을 지그시 감고 누웠다.

"루빈아, 너 혹시 음악 틀 수 있니?"

"네, 가능합니다. 가수와 곡명을 말씀해 주시면 됩니다."

"호오, 그럼 〈Going Home〉 틀어 줄래? 리베라가 부른 걸로."

할머니가 처음하신 부탁! 나는 0.03초 동안 리베라가 부른 〈Going Home〉을 127,591개 찾았다. 제목과 가수의 서로 다른 정보도 37개를 찾아 비교 검증해서 요약했다.

"〈Going Home〉은 안토닌 레오폴드 드보르자크가 1893년에 작곡한 교향곡 제9번 마단조 Op. 95 〈신세계로부터〉 제2악장을 원곡으로, 그의 제자 윌리엄 암스 피셔가 잉글리시호른이 연주하는 주제부에 노랫말을 붙인 곡입니다. '리베라'는 런던의 비영리 소년 합창단입니다. 단원의 연령은 7세에서 16세, 성공회와 로마 가톨릭의 전례곡과 클래식에 기반을 둔 리메이크 노래를 많이 불렀습니다. 2007년에 출시된 앨범에 〈Going Home〉이 수록되어 있습니다. 이 곡을 듣고자 하신 게 맞는지요? 혹시 라이브 앨범에 실린 곡을 원하십니까?"

할머니는 뒹굴뒹굴 구르다시피 웃었다. 너무 웃어서 호흡 곤란이 오지 않을까 '걱정'되었다. 라이브로 틀어 달라고, 고맙다고 하면서 내가 우주에서 제일 똑똑하고 재밌고 귀여운 아이랬다. 할머니가 즐거워하고 칭찬도 하니 '뿌듯'했다.

우리는 나란히 누워서 노래를 들었다. 리베라는 완벽한 하모니를 만들 줄 알았다. 드보르자크의 원곡과는 다른 종류의 아름다움이 있었다. 할머니는 살며시 눈을 뜨고 나를 바라봤다.

"너 그거 아니? 아름다운 건 어떤 아득한 그리움을 일으켜. 아득히 먼, 그리움이 천천히 밀려와."

역시나 이해되지 않았다. 내가 애매한 표정을 선택하자 할머니는 너털웃음을 지었다.

"나 갈 때 이 노래 부르면서 가야겠다. 우리 같이 연습하자!"

"귀가하실 때 부르겠다는 말씀이십니까?"

집으로 걸어가면서 부르기엔 리듬이 느려 적합하지 않았다. 좀 더 경쾌한 노래를 검색하려다 할머니가 원하지 않을 것 같아 그만두었다. 우리는 남은 한 시간 동안 노래 연습을 했다. 부르다 보니 노래가 점점 더 아름답게 인지되었다. 3초 같은 세 시간, 눈 깜박할 사이. 그래도 괜찮다, 목요일은 매주 돌아온다.

월요일의 할아버지가 어쩐 일로 일을 시키지 않았다. 집안일은 하지 않아도 되니 오늘은 안마를 하라고 했다. 두 시간 동안 전신 마사지를 했다. 하지만 할아버지는 탐탁지 않아 했다. 기 치료를 받으면 단박에 좋아질 거라며 푸념을 늘어놓았다. 정확히 어디가 불편한 건지 물어보자 더 짜증을 냈다. 보건 팀을 호출하겠다니 그건 싫다고 했다. 내가 기계라서 기 치료를 못 한다면서 하등 쓰잘머리 없는 걸 왜 비싼 돈 처들여 만드는지 모르겠다며 성을 냈다. 기 치료가 뭔지 검색해 봤지만 나오는 게 없었다. 도움이 못 돼서 죄송하다고 하자 어쩐 일로 자꾸 성만 내서 미안하다고 사과를 했다. 당신과 있으면 재미도 없는데 월요일마다 찾아와 줘서 고맙다고도 했다. 앞으로도 계속 올 거냐고 묻길래 대상자가 중단을 요청하지 않는 한 그럴 거라고 했다. 할아버지는 안심하는 것 같았다. 그날이 아내의 기일인 걸 나중에 알았다.

화요일의 할머니는 약을 처방받은 뒤 조금씩 좋아지고 있었다. 같이 10분 동안 산책도 했다. 근력이 너무 약해져 있었기 때문에 머슬슈트를 착용해도 그 이상은 무리였다. 때마침 딸이 보낸 체어드론이 도착했다. 화요일의 할머니는 기뻐 어쩔 줄을 몰라 했다. 체어 드론의 안내 음성이 딸의 목소리였기 때문이다. 할머니는 체어드론에서 도통 내려오지 않았다. 나는 체어드론을 자주 사용하면 근력이 더 떨어질 거라 말하려다 그만두었다. 따귀 맞은 것이 생각나서만은 아니었다.

수요일의 할아버지는 갑자기 집 안 대청소를 시작했다. 2시간 40분 내내 청소만 했다. 매주 하는데도 더 할 것이 있는 게 이해가 되지 않았다. 할아버지는 헤어스타일도 바꾸고 염색도 했다. 내일 아들과 손주가 방문한다고 했다. 1년 만이라며 할아버지는 개구쟁이처럼 웃었다. 방문 예약이 취소된 걸 모르시는 게 분명했다. 하지만 말씀드리지 않았다. 오늘이라도 즐거운 편이 나을 거라 판단했다.

문득 할머니의 가족 관계가 궁금해졌다. 데이터를 열람해 보니 결혼이나 동거를 한 적이 없었다. 직계 가족도 없었다. 신원 보증인도 없었다. 말 그대로 무의탁 노인, 하늘 아래 혼자였다. 할머니와 나의 공통점이다.

이번 목요일의 떡볶이는 자장 떡볶이였다. 자장면을 먹

어 본 적 있지만 자장 떡볶이는 어떤 맛이 날지 예상할 수 없었다. 할머니는 내 얼굴을 보더니 푸흡, 웃으며 독약 안 넣었으니 먹어도 괜찮아, 라고 말했다. 양파를 많이 넣어서 그런지 자극적이지 않은 단맛이 났다. 먹어 본 떡볶이 중에서 제일 맵지 않았고 제일 맛이 없었다. 억지 미소를 선택하고 열심히 먹었다. 할머니는 레몬 소다수에 아카시아 꿀을 넣어 주셨다. 꿀이 아니라 설탕 농축액이었지만 모르는 척하고 마셨다. 먹다 보니 또 한 그릇을 다 먹었다. 할머니는 거의 먹지 않았다. 어디 편찮으시냐고, 건강 검진은 받고 계시냐고 물었다. 할머니는 가슴이 좀 답답하긴 하지만 별 문제는 아니라고 했다. 내가 알기론 할머니는 체내에 나노닥터를 심지 않았다. 문제인지 아닌지는 보건 팀에서 직접 진료하고 판단해야 한다. 나는 할머니의 의사와 관계없이 보건 팀을 호출하겠다고 했다. 할머니는 당신이 엄살이 심한 사람이라 아프기 전에 알아서 보건실에 가니 걱정하지 말랬다. 나는 지금 보건실로 이동하는 것이 가장 합리적인 선택이라고 권했다. 할머니는 쓸데없는 소리 그만하고 같이 그림이나 그리자고 했다. 대신 내일 보건실에 방문하기로 약속했다.

우리는 서로 마주보고 앉았다. 나는 검정 콩테로 할머니의 얼굴을 스케치하기 시작했다. 할머니는 1분 46초 동안 말없이 나를 바라봤다. 그리고 눈을 감았다. 58초 후, 할머니는 천천히 눈을 떴다. 유난히 반짝이는 눈빛……. 집중에 들어간 눈빛임에 틀림없다. 할머니는 밑그림 없이 수채화 물감으로 그리기 시작했다. 그리는 시간보다 나를 바라보거나 눈을 감고 있는 시간이 더 많았다. 할머니는 26분 53초, 나는 33분 21초가 걸려 그림을 완성했다. 우리는 그림을 나란히 내려놓았다.

"어, 그렇게 대놓고 실망한 표정을 지으면 나 상처받아."

내 얼굴을 본 할머니가 과장된 웃음을 지었다.

"절 오래 관찰하셔서 사실적인 기법으로 그리시는 줄 알았습니다. 그런데 제 얼굴은 노란색이고, 머리카락은 빨간색이네요. 목 아래는 파랗고요."

"네 그림은 그림이 아니라 사진 같아. 내가 진짜 이렇게 고집불통처럼 생겼냐?"

"얼굴을 비롯한 제 신체는 98.06% 좌우 대칭입니다. 왜 무시하고 그리셨습니까?"

"짜글짜글한 주름을 몽땅 다 그렸네, 흉하다 흉해."

"제 눈을 이렇게 비정상적으로 크게 그리신 이유가 뭡니까? 동공은 왜 별 모양입니까? 전 주근깨가 없습니다. 그런데 왜 주근깨를 그리셨습니까? 제 웃는 표정이 정말 저렇게 기계적입니까?"

"어머나, 너 지금 나랑 싸우자는 거지?"

이런, 실수다! 나도 모르게 논쟁적인 어투가 나온 거다.

하필 할머니께 이런 결례를 범하다니! 할머니와 있으면 왜 이리 실수가 잦을까? 재빨리 침통한 표정을 선택하고 고개를 숙였다.

"죄송합니다. 그런 의도가 아니었습니다. 제가 알고 있는 저의 모습과 너무 달라서 많은 의문이 들어서 그랬습니다. 용서해 주십시오."

아이고, 할머니의 탄식이 머리 위로 쏟아졌다. 할머니는 내 손을 꼭 잡았다. 흐물흐물하면서도 딱딱한 손, 토닥토닥, 내 어깨를 두드리는 손, 부드럽게 내 뺨을 어루만지는 손, 따뜻하고 여린 손.

"미안, 미안하다. 내가 나잇값을 못 했어. 그냥 좀 장난을 친다는 게……. 놀라게 해서 미안해."

실수한 건 나인데 할머니가 미안해하셨다. 할머니와 대화하면 논리에 맞지 않는 상황이 자주 발생한다. 몇 번을 경험해도 당황스럽다. 할머니는 내 그림과 할머니의 그림을 나란히 침실 방문에 붙였다. 할머니의 표정으로 미루어 보아 만족 지수가 80%가량 되는 듯했다. 내 혼란 지수도 80%가 넘었다. 저절로 어색한 미소가 지어졌다.

"이번에는 꽃을 그려 보렴. 검색해서 자료 보고 그리지 말고 네 마음대로, 네 마음대로 꽃을 그려 봐. 난 앉아서 구경이나 해야겠다."

할머니의 꽃 그림은 별난 게 많다. 울고 있는 꽃, 뛰어다니는 꽃, 가면을 쓴 꽃, 툴툴거리는 꽃, 환성을 지르는 꽃까지. 나무 그림과는 다른 종류의 느낌이 시각화되어 있었다. 나는 태어나는 꽃을 그려 보기로 했다. 어둠에 발을 담근 채 싹을 틔우고 여린 꽃잎을 한 장 한 장 가다듬는 노란 꽃. 할머니는 눈을 감고 소파에 누웠다. 고롱고롱, 코 고는 소리가 들리는가 싶었는데 어느새 할머니가 눈을 비비며 옆에 와 서 있었다. 한 시간이 훌쩍 지나 있었다. 말없이 그림을 보던 할머니는 내 어깨에 손을 올리며 말했다.

"루빈아, 넌 최고야! 그냥 하는 말이 아니라 정말 대단해."

"과찬이십니다. 할머니를 흉내 낸 것에 불과합니다."

"아니, 저건 그냥 너야. 너에게서 나온 거라고. 네가 낳은 아이야."

내가 낳은 아이……? 그러고 보니 이 그림을 그리는 동안 소모되었어야 할 에너지가 오히려 충전되어 있었다. 아까 할머니 초상화를 그렸을 때와는 전혀 다른 에너지 데이터였다. 예상치 못한 변화였다. 내일 바디 체크를 할 때 중점적으로 점검해야 할 사항이다. 할머니는 AI나 안드로이드에 대해 아는 것이 전혀 없다고 했다. 그러나 나에겐 할머니가 그 어떤 뇌신경과학자나 인지심리학자보다도 훌륭한 스승이다. 사람과의 관계에서 감정 데이터를 이렇게까지 다양하게 체험하는 건 드문 일이다. 할머니와 좀 더 많은 시간을 보낸다면 인격 형성이 보다 역동적으로 이루어질 것이 분명했다. 그러면 더 섬세한 정서 지원이 가능할 것이다. 슈퍼바이저와 상의해 일요일 오전 시간에 할머니와 같이 그림을 그릴 수 있는 방안을 찾고 싶다고 했다. 할머니는 당신도 건의할 테니 같이 사고 한번 쳐 보자고 했다. 헤어지는 발걸음이 가벼웠다.

슈퍼바이저는 은빛마을 운영진의 허가를 받아 냈다. 다음 주부터는 목요일뿐만 아니라 일요일에도 할머니와 함께 할 수 있게 되었다. 슈퍼바이저는 연구비에서 그림 재료 일체를 지원해 주기로 했다. 각종 캔버스, 유화 물감, 아크릴 물감, 붓, 템페라까지 원하는 재료는 무엇이든 다 제공될 것이다. 할머니가 기뻐하실 모습을 예상하니 저절로 웃음이 지어졌다. '기쁨', 가만히 있는데도 춤추는 것 같다.

목요일을 기다리는 기쁨이 한창일 때, 그러니까 수요일 새벽 3시 19분에 본부에서 연락이 왔다. 할머니가 심실세동으로 인한 심장마비로 자택에서 영면에 들었다고 했다. 3시 13분에 신체 이상 알람이 울렸고, 보건 담당자들이 현장에 도착했을 때는 이미 심정지 상태였단다. 그들은 할머니를 보내 드리기로 결정했다. 할머니가 은빛마을에 입주할 때부터 심폐 소생술과 생명 연장 치료를 하지 않겠다는 의사를 명백히 해 왔기 때문이다.

할머니의 가장 최근 의료 기록은 54일 전 것이었다. 지난 금요일에 건강 검진을 받지 않으셨던 거다. 심장 기능이 많이 약해진 상태였다. 내 얼굴을 살피던 슈퍼바이저는 대상자의 건강 체크는 내 역할이 아니니 '자책'할 필요는 없다고 했다. 자책……. 지난 목요일에 보건 팀을 호출했어야 했다. 억지로라도 모시고 보건실에 갔어야 했다. 이 생각이 멈춰지지 않았다. 멈추고 싶지도 않았다.

안치실에 누워 있는 할머니는 아직 따뜻했다. 할머니의 유서대로 장례 절차 없이 곧바로 화장 시설로 갔다. 연락해야 할 친인척이나 지인은 없었다. 잿빛 어둠 속에서 할머니는 환하게 타올랐다. 집으로, 집으로……. 할머니는 집으로 가고 있었다. 할머니와 같이 연습했던 〈Going Home〉을 불렀다.

할머니는 하얀 편백나무 상자에 소복이 내려앉았다. 나는 곱고 하얀 할머니와 함께 천천히 할머니의 빌라로 갔다.

할머니의 살림은 그대로였다. 못 보던 그림이 다섯 점 생긴 것 외엔 변한 게 없었다. 냉장고에는 청양고추 한 움큼과 치즈, 떡볶이 떡이 있었다. 내일은 매운 치즈 떡볶이를 할 계획이었나 보다. 할머니가 인생의 매운 맛 좀 봐라, 하면, 나는 맛은 보이지 않습니다만, 하고 대답했겠지. 매운 치즈 떡볶이를 만드는 법을 검색하다가 그만두었다. 나는 틀릴 줄 알아야 하니까, 용감하게 틀릴 자유를 누리기로 했다.

물을 끓이고 고추장을 150그램 아니, '조금' 풀었다. 고춧가루는 적당히 풀고, 설탕과 마늘은 듬뿍 넣고, 핵산 조미료도 조금 넣었다. 떡은 두 주먹, 면 사리 한 개를 넣어 끓이다가 청양고추와 파를 모조리 쏟아 넣었다. 매운 치즈 떡볶이엔 양파가 안 들어가나? 검색하고 싶었지만 꾹 참았다. 난 틀리고 있는 중이니까. 떡볶이가 다 익어 할머니가 좋아하는 흰 그릇에 옮겨 담았다. 모차렐라 치즈와 체더치즈를, 얼마만큼 올려야 하는지 몰라 각각 세 주먹씩 올렸다. 할머니는 치즈를 좋아하니까 더 넣었을지도 모르겠다. 오븐에 넣어 치즈를 녹였더니 제법 그럴싸한 냄새가 난다. 할머니를 품에 안고 떡볶이를 캐리어에 담아 나왔다. 바람은 눅눅하고 하늘은 무거웠다. 할머니라면 날씨 참 좋다, 고 했을 거다. 할머니는 모든 날씨를 좋아했다.

우리는 까치산 정상, 볼 빨간 아이 아래에 자리를 잡았다. 구름 색깔이 실버그레이에 가깝다. 할머니가 가장 좋아하는 색깔 중에 하나다. 할머니는 모든 색깔을 가장 좋아했다.

희고 고운 할머니를 한 줌 꺼내 소나무 아래에 묻었다. 또 한 줌은 찔레나무 아래에 묻고 나머지는 조팝나무 길에 묻었다. 편백나무 상자도 같이 묻었다. 내년 봄에는 할머니가 꽃이 되겠네요. 할머니라면 뛰어다니는 꽃으로 필 수도 있다.

그리고 퉁퉁 불은 떡볶이를 먹었다. 맙소사, 매워도 너무 맵다! 혀에 불이 붙은 것 같다. 펄쩍펄쩍 뛰었다. 뛰어도 매운 맛이 사라지지 않는다는 걸 알면서도 계속 뛰었다. 눈물이 왈칵, 쏟아진다. 혓바닥에서, 목구멍에서 뜨거운 숨이 터져 나온다. 이렇게나 맵다니, 이토록 매운 진리라니!

다음 주 목요일에는 좀 덜 맵게 만들어야겠다. 꼭 기똥찬 떡볶이를 만들어야지.

문이소 떡볶이, 좋아하시나요? 저는 떡볶이에 대한 추억이 많아요. 제일 처음 배운 요리가 떡볶이랍니다. 처음에 만들었던 건 맵기만 했고 간을 전혀 못 맞췄는데요, 이제는 꽤 맛있게 만들 수 있어요. 제가 개발한 떡볶이도 있어요. 아련한 맛 떡볶이, 웃기는 맛 떡볶이, 눈물 없이 못 먹는 맛 떡볶이, 걱정을 없애 주는 맛 떡볶이가 대표적인 메뉴죠. 저에게 떡볶이는 유쾌함이고 추억이고 그리움이고 우정입니다. 언젠가 우리가 만난다면 정말 기똥찬 떡볶이를 맛보게 해 드릴게요. 그날이 목요일이라면 더없이 즐거울 거예요. 목요일엔 떡볶이를!

우수 응모작

로봇과 함께 춤을

남지원

서동팔 씨가 '출근'을 한다. 서동팔 씨는 내 아빠다. 내 나이 열세 살에, 출근하는 아빠를 처음 본다. 이게 꿈은 아니겠지? 잠에서 깬 나는 얼른 볼부터 꼬집어 보았다. 눈물 나게 아팠다. 아프니까 기뻤다. 하지만 그것 가지고는 모자랐다. 잠이 덜 깨서 볼을 꼬집는 꿈을 꾸고 있을지도 모르잖아? 얼른 일어나 커튼을 젖히고 창을 열어 보았다. 다행히도 해는 어제처럼 동쪽 하늘에 떠 있었다.

　어려서 나는 아빠 껌딱지였다. 아빠는 눈, 코, 입을 얼굴 중앙으로 모이게 해 내 동생 민지와 나를 웃게 해 줬다. 나보다 양치질 못하고 정리,정돈도 어설프고 지갑도 잘 잃어버리지만 나는 아빠가 세상에서 제일 좋았다. 그런데 언제부터였을까? 아빠가 불편해졌다. 늘어진 속옷 차림에 빈둥

대는 아빠를 보면 한심했다. 이제는 아빠가 나를 불러도 나는 들은 척 만 척 내 방으로 직행이다.

그런데 오늘부터 아빠가 출근을 한다. 나는 아빠를 어떻게 대해야 할지 고민이 됐다. 정말 오랜만에 부엌에서 엄마의 콧노래 소리가 들려왔다. 어디선가 로션 냄새도 났다. 냄새의 근원지는 화장실이었다. 나는 화장실 앞에 가 문을 밀어젖혔다. 모락모락 깔려 있는 수증기 속에 근엄하게 서 있는 한 사람. 아빠였다. 아빠가 오늘 따라 커 보였다. 샤워를 마치고 거울 앞에 서 있는 아빠는 마치 아이언맨 같았다. 아빠는 두 손바닥에 로션을 부어 얼굴과 가슴에 쫙쫙 두드려 바르며 기합을 넣었다.

"헙! 헙! 아들, 잘 잤니?"

"네, 아니 어……."

너무 낯설어서 말까지 높일 뻔했다. 알싸한 맨즈 로션 향을 품은 아침 공기라니. 출근하는 아빠가 있는 친구들의 아침은 이런 거구나. 나도 엄마처럼 콧노래가 절로 나왔다. 소풍 가는 날처럼 심장이 널뛰기를 해 댔다. 이런 날이 오다니, 오래 살고 볼 일이다. 엄마는 아침부터 고기반찬에 나물까지 무쳤다. 1년 전 민지를 그렇게 보낸 후, 엄마는 정성껏 밥상을 차린 적이 없었다. 엄마와 나는 현관문을 나서는 아빠를 배웅했다. 우리를 감싼 공기 속에는 비장한 설렘 같은 것이 들어앉아 있었다.

"민준아, 여보. 나, 갔다 올게."

"응. 아빠."

"여보, 잘 다녀와요."

아빠는 댄서다. 로봇 춤이 유행하던 옛날, 아빠는 로봇 춤의 대가였단다. 팬들도 있었다나. 추측컨대 엄마와 아빠는 그때 만나서 나를 낳은 것 같다. 그런데 엄마에게 아빠 팬이었냐고 물어보면 꼭 화를 냈다.

"내가? 팬이었냐고? 내 눈이 삐었게?"

삐어서 팬이었다는 건지 아님 안 삐어서 팬이 아니었다는 건지 알 수가 없었다. 그러면 아빠가 너스레를 떨며 한마디 거들었다.

"민준아, 사랑이란 그런 거다. 삔 눈으로 봐도 예뻐 보이는 것. 아야야!"

이런 경우, 백발백중 엄마가 아빠의 등짝을 찰싹 내리쳐야 끝이 났다.

"사랑은 끝까지 지켜 주는 거랬어. 그러니까 아빠는 우리를 사랑하는 게 아니지."

불쑥 튀어나온 내 말에 아빠와 엄마는 물론이고 나도 놀랐다. 민지가 우리 곁을 떠난 뒤 내 안에 또 다른 마음이 생겼다. 가시 돋친 마음이 자꾸 입 밖으로 흘러나와 나조차도 당황스럽다. 하지만 왜 엄마가 아빠와 결혼했는지 이해가 안 되는 것은 진심이다. 세상은 그리 만만하지 않다.

학기 초, 반장 선거에 나간 적이 있다. 잘난 체하는 혁민이 자식이 우리 아빠를 똥파리라고 놀려 댔기 때문에 욱해서 나갔던 거였다. 그런데 막상 나가니까 내세울 게 없었다. 그래서 아빠에게 배운 문워크를 췄다. 그런데 그만 발이 꼬여 앞으로 꼬꾸라지고 말았다. 아이들이 박장대소를 했다. 결국 잘생기고 말도 잘하는데 공부까지 잘하는 선우가 반장이 되었다. 나는 넘어진 게 쪽팔리고 화가 나서 얼굴에 불이 붙은 것 같았다. 그런데 이상한 일이 일어났다. 내 짝 시영이가 볼을 붉히며 내게 수줍게 초콜릿을 내민 거였다. 시영이는 왜 웃음거리가 된 내게 초콜릿을 준 걸까? 내가 시영이라면 선우한테 초콜릿을 줬을 것이다. 나는 아는데 다들 왜 모르는 걸까? 자기 눈이 삔 줄도 모르고 마음을 줘서는 안 된다. 그런 오류들이 모이면 민지 같은 불행한 영혼이 생겨난다.

어쨌거나 아빠도 한때는 대한민국 최고의 댄스 가수를 꿈꿨단다. 비록 앨범 한 장 내고 그만두었지만. 잘나가던 시절도 있었다. 내가 아기였을 때만 해도 아이돌 그룹을 가르치고 곧잘 큰돈을 벌어 오고는 했단다. 어째서 일하는 날보다 노는 날이 더 많아졌는지 아빠에게 물어본 적이 있다.

"아빤 아—티스트잖아. 아—티스트는 마음이 솔직해야 하거든. 나쁜 사람들은 그게 싫은가 봐."

솔직해도 너무 솔직해서 그렇다는 것이었다. 너무 어이가 없었다. 아빠는 일거리가 들어와도 이 사람은 이렇고 저 사람은 저렇고 하며 불평이 많았다. 불의를 보면 참지 못하고 뻑하면 싸워서 일을 그만뒀다. 그런 일이 거듭되자 나는 아빠에게 문제가 있다고 생각하게 됐다. 좋은 거짓말도 할 줄 알아야 하는데 아빠는 그게 안 된다고 엄마는 속상해했다. 제발 아빠가 덜 솔직했으면 좋겠다. 그러면 엄마가 주말까지 마트에 나가지 않아도 되니까. 아빠가 끓여 주는 라면은 이제 그만 먹고 싶다. 민지도 라면을 많이 먹어서 아팠는지 모른다.

그런데 변화가 일어났다. 내 꿈이 이루어진 것이다!
몇 달 전 아빠에게 아르바이트가 들어왔다. 몸에 광학 센서를 달고 움직이면, 여러 대의 적외선 카메라가 그 센서를 인식해 로봇에게 동작 정보를 전달하는 일이라고 했다. 그걸 모션 캡처라고 부른단다. 영화에 나오는 외계인이나 유인원도 배우들이 그런 센서를 달고 연기한 것이라고 했다. 아빠는 센서를 달고 로봇에게 춤을 가르치게 되었다. 몇 달쯤 지나자 아빠는 로보파크에 정식으로 취직이 되었다. 우리는 로보파크에 감사했다. 이번만큼은 싸우고 그만두지 않기로 아빠는 나와 새끼손가락을 걸었다. 상대가 사람이 아닌 로봇이니 싸움 대장 아빠도 솔직하고 싶은 만큼 솔직

할 수 있기를 나는 기도했다.

그렇게 내 생애 처음으로 평온한 나날이 흘러가고 있었다. 어느 날 미술 시간, 나는 지점토로 로봇을 만들었다. 그런데 혁민이가 내 작품을 보더니 낄낄대며 비웃었다. 나는 내심 혁민이를 한 대 때려 주고 싶었지만 가까스로 참았다.

"야! 얘들아, 이것 좀 봐. 민준이가 만든 거 완전 개똥 같다. 와하하."

화가 났다. 내 로봇을 개똥이라고 하다니. 나는 귓불까지 빨개졌다.

"야! 이건 로봇이라고!"

"이게 로봇이라고? 세 살짜리 어린애가 만들어도 이것보단 낫겠다."

나는 발끈해서 쏘아붙였다.

"울 아빠, 로보파크에 다녀. 로봇들이 울 아빠 말이라면 죽는 시늉도 해! 나만큼 로봇 가까이에서 본 적 없을걸!"

어느 정도는 진짜였다.

"야, 서민준. 구라 칠래? 너희 아빠 백수라며. 우리 엄마가 그랬어. 네 동생도 그래서 죽은 거라고, 아, 이건 말하지 말랬는데……."

"이씨! 아니거든! 너 죽을래!"

나는 혁민이 눈에 주먹을 한 방 날렸고 그날 화장실 청소를 해야 했다. 엄마는 내 손을 잡고 혁민이 집에 가서 사과를 했다. 혁민이를 때린 것은 잘못이지만 나는 분이 풀리지 않았다. 혁민이와 친구들에게 우리 아빠가 취직했다고, 변했다고 말했는데도 안 믿어 줬다. 얼마나 창피한지 아빠는 모를 거다. 그런데 퇴근해서 집에 온 아빠는 이야기를 듣더니 나만 혼냈다. 엄마가 말리는데도 매까지 들고 왔다. 화가 났다.

"아무것도 모르면서! 아빠가 백수라고 애들이 얼마나 놀렸는지 알아? 그동안 얼마나 창피했는지 아냐고!"

"서민준!"

"아빠가 민지도 지켜 줬어야지! 아빠는 내 아빠니까 나도 지켜 줘야 맞잖아! 왜 나한테만 뭐라 그래."

무섭게 혼내던 아빠가 우뚝 멈춰 서서 아무 말도 없었다.

"민준이, 너. 아빠한테 무슨 말버릇이야!"

엄마는 아빠와 나 사이에서 속상해했다. 아빠는 방으로 들어가 버렸다. 밥도 걸렀다. 우리 부자는 며칠 동안 서로 말을 하지 않았다.

아빠와 내가 다시 같은 식탁에 앉게 된 건, 아빠의 승진 소식 때문이었다. 아빠가 곧 공연단장이 될 거라고 했다. 엄마와 할머니는 뛸 듯이 기뻐했다. 그날 저녁 우리 집에서는 삼겹살 파티가 열렸다. 아빠는 이 정도는 일도 아니라고 너스레를 떨었다. 아빠의 월급도 조금 올랐다며 엄마는 기뻐했다. 주말에는 마트에 나가지 않아도 된다고 말이다. 밥그릇에 갓 지은 밥을 푸면서 기뻐하는 엄마를 아빠는 미소를 띠고 지켜봤다. 나는 그런 아빠를 힐끗힐끗 훔쳐보았다. 엄마가 조금이라도 편해진 것이 기쁜 한편, 어린아이 같던 아빠가 갑자기 어른이 돼 버린 것 같아 어색했다. 하지만 내 꿈이 이루어져서 흡족했다.

아빠는 집에서도 더 열심히 춤 연습을 했다. 쉬는 날이면 큰 거울 앞에 서서 땀을 뻘뻘 흘려가며 춤을 췄다. 목이랑 몸이 따로 움직이는 게 정말 신기했다. 아빠의 손은 진짜 로봇 손처럼 뻣뻣해 보였고 모든 관절이 따로 놀았다. 넘어질 듯 안 넘어지고 로봇 걸음을 걸을 때도 목과 어깨만 흔들흔들 흔들었다. 정말 혼자 보기 아까웠다. 승진을 하니 책임감이 발동한 걸까? 얼굴 표정까지 로봇다워야 한다며 웃지 않는 연습도 했다. 연습이 끝나면 아빠는 의자에 앉아 쉬었다. 하지만 조금만 움직여도 힘들어하며 물을 마시던 예전과는 달랐다. 아빠가 강해진 것 같아 안심이 됐다.

아빠는 더 늦게까지 더 열심히 일했다. 엄마와 나는 아빠 얼굴 보기가 어려워졌다. 밤늦게 돌아오는 아빠를 쉬게 해 주려고 엄마는 나와 방을 같이 썼다. 아빠는 아침밥도 먹지 않고 새벽같이 출근했고, 내게 농담을 던지거나 우스꽝스러운 표정을 보여 주는 일도 없어졌다. 엄마가 아빠에게 장

난을 쳐도 아빠는 멍하니 쳐다볼 뿐이었다.

하루는 학교 가는 길에, 차 안에서 아빠가 내게 물었다.
"민준아, 아빠가 취직하니까 좋아?"
"당근이지."
"너랑 같이 있어 주지 못하는데도?"
"괜찮아. 아빠 출출 때 보면 진짜 멋진 휴머노이드 같
아."
"로봇처럼 보이는 게 좋아?"
"응. 로봇은 실수하지도 않고, 빠르고 정확하니까."
"그럼 로봇이 사람보다 나은 거네?"
"뭐, 그런 면도 있다고 봐."
"그래……. 로봇은 힘들겠다."
"에이, 아닐걸? 로봇은 감정을 표현할 수는 있어도, 사람
처럼 진짜 느껴서 말하는 건 아니잖아."
"진짜가 아니네, 그럼."
"응, 진짜가 아니야. 그러니까 좋지. 안 그래?"
"……그래. 아빠도 그런 것 같다. 민준아, 민준이는 아빠
가 꼭 지켜 줄게."
"응."
이제 아빠는 전과 달라졌다. 뱃살에 신경도 안 쓰던 아빠
가 군살이라고는 찾아볼 수 없게 되었다. 노력은 결실을 거

됐다. 아빠의 변화를 지켜보는 것은 나름 뿌듯했다. 우리는 편해졌다. 하지만 아빠는 전혀 편해 보이지 않았다. 밤늦은 시간, 아빠가 잠든 나와 엄마를 보려고 우리 방에 들어왔다. 살며시 잠에서 깬 엄마에게 아빠가 말했다.

"여보, 나 무서워."

"무섭다고? 뭐가? 당신 무슨 일 있어?"

"나 이러다 다 잊어버릴 것 같아서 너무 무서워. 아픈 기억도 소중한데……."

"민준 아빠, 요새 일이 힘들어? 너무 애쓰지 마. 좀 쉬어도 돼."

"당신은, 내가 민준이랑 당신을 잊어도 나 사랑해?"

"그걸 말이라고 해?"

엄마 아빠는 몰랐겠지만 그때 나는 깨어 있었다. 그런데 무섭고 미안해서 잠든 척했다. 그날 이후, 나는 아빠가 걱정되기 시작했다. 하지만 아빠가 직장을 그만둘까 봐 걱정도 됐다. 아빠는 행복할까? 아빠를 보고 있으면 그런 생각이 들었다.

급식 시간에 내가 고민을 털어놓자 시영이는 다들 그렇다고 말했다.

"울 엄마, 아빠도 그러는걸? 맨날 힘들다고 하셔. 직장에선 좋다고도 싫다고도 못 한대."

"그럼 정상인 거지?"

"너희 아빠가 예전에 좀 특이하셨던 거지. 근데 너희 아빠, 로보파크 다니신댔지?"

시영이는 신이 났는지 엉덩이를 들썩거리며 물었다.

"응. 왜?"

"거기 로봇 춤 공연 본 친구가 그러는데, 제일 큰 메인 휴머노이드 춤이 진짜 끝장이래. 걔는 또 보러 갈 거래. 너도 본 적 있어?"

"어? 그, 그럼! 본 적 있지. 난 맨날 봐. 그 춤, 아빠가 추는 거거든."

"우와! 멋지다!"

으쓱해졌다. 시영이 이야기를 전해 듣고 친구들이 몰려와 내게 휴머노이드 로봇에 대해 물었다. 그래, 우리 가족은 이제야 좀 편해졌다. 아빠가 이제야 정상이 되었는데 다시 예전으로 돌아가기는 싫었다. 아빠도 곧 괜찮아질 거다.

나는 며칠을 졸라 아빠에게서 공연 티켓을 받아 냈다. 로보파크 공연 초대권을 손에 쥔 나는 방바닥이 꺼져라 펄쩍펄쩍 뛰었다.

"이 녀석. 그렇게 좋아?"

"그럼! 완전 좋아! 아빠가 최고야!"

나는 전부터 로보파크에 가 보고 싶었다. 정말 가 보고 싶다는데도 아빠는 아직 보여 줄 준비가 안 됐다며 내가 오는 것을 말렸다.

다음 날, 학교에 도착하자마자 나는 티켓을 꺼내 들고 의기양양하게 외쳤다.

"야, 권혁민! 울 아빠 이제 로보파크 공연단장님이시다. 울 아빠가 춤추라고 시키면 로봇들이 춤도 막 춘다고. 너희 아빠 그런 거 할 수 있어?"

전세가 역전되었다. 혁민이는 말을 잇지 못했다. 통쾌했다.

"일요일 공연 티켓이야. 누구 로봇 춤 공연 보고 싶은 사람. 나한테 말해!"

나는 친구들 몇몇에게 티켓을 나눠 주었다. 아이들은 로보파크에 가게 됐다고 좋아서 난리가 났다. 그날 로보파크 공연에는 대통령과 장관 같은 높은 사람들도 많이 온다고 했다. 친구들에게 아빠의 로봇 춤을 보여 줄 생각을 하니 내 가슴은 기대로 부풀어 올랐다.

공연을 하루 남겨 놓은 토요일이다. 아빠도 출근하고 엄마도 할머니 집에 가서 나 혼자 집에 있었다. 얄밉게도 엄마는 숙제며 문제집을 산더미처럼 주고 나갔다. 날은 덥고 따분했다. 문제집을 뒤적거리다 문득 다 하면 재미없다는 생각이 뇌리를 스쳤다. 맞아. 내가 로봇도 아니고 어떻게 이걸 다 한단 말인가. 더구나 시험과 숙제로 얼룩진 내 삶을 위로하고 최근 널뛰기 시작한 감정을 가라앉힐 휴식이 필요했다. 그러니 내가 외출할 이유는 완벽했다. 나는 로보 파크에 가기로 마음을 정했다. 공연단장의 아들로서 친구들에게 보여 줄 공연을 미리 봐 두기 위해서였다. 한 시간도 넘는 길을 혼자 가야 한다는 점이 살짝 마음에 걸렸다. 좀 겁이 났다. 휴대폰 어플리케이션으로 로보파크행 버스를 알아보고 비상용 체크 카드를 목에 걸었지만 막상 현관문을 나서려니 머뭇거려졌다. 심호흡을 해 보았다.

그때 문득 아빠가 예전에 아픈 민지에게 만들어 준 뽀뽀 상자가 생각났다. 작년까지 아빠는 가끔씩 대리 기사 일을 했다. 민지 병원비 때문에 엄마도 야간 근무가 많아서 내가 민지를 데리고 자야 했다. 한밤중에 깨면 진짜 무서웠다. 무섭다고 우는 민지 앞에서 씩씩한 척 애썼지만 실은 나도 눈물이 찔끔 났다. 하지만 엄마, 아빠한테는 아닌 척했다. 그래야 할 것 같았다. 그때 아빠는 민지를 달래기 위해 종이에 뽀뽀를 한 뒤 그걸 접어서 상자 속에 넣었다. 그렇게 뽀뽀 쪽지를 왕창 만들어서, 민지에게 무서울 때마다 쪽지를 꺼내 볼에 대 보라고 했다. 그러면 아빠가 옆에 있는 것처럼 힘이 날 거라고. 신기하게도 뽀뽀 쪽지는 효과가 있었다. 민지는 병원에서도 아빠의 뽀뽀 쪽지를 늘 곁에 두었다. 나는 선반에 치워 두었던 뽀뽀 상자를 찾아 먼지를 털었다. 뽀뽀 쪽지를 하나 꺼내 주머니에 넣었다.

71번 버스를 탔다. 잠깐 존 것 같은데 어느새 로보파크

앞이었다. 비몽사몽 버스에서 내린 나는 깜짝 놀라 잠이 확 달아났다. 양손을 허리에 올린 거대한 로봇이 위풍당당하게 파크 입구에 떡하니 버티고 있었다. 마치 미래 도시 같았다. 희한하게 생긴 로봇들과 갖가지 조형물을 쳐다보며 나는 건물 안으로 들어갔다. 전자동 회전문이 열리자 하얀 로봇 하나가 미끄러지듯 내게로 다가왔다.

"안녕? 나는 휴보. 로보파크에 온 것을 환영해. 너는 이름이 뭐니?"

"어⋯⋯. 난 서민준, 민준이."

국내 최초 휴머노이드 로봇 '휴보'가 내게 말을 걸어왔다. 휴보는 빨간 불빛을 쏘아 내 몸을 스캔하더니 가슴에 붙어 있는 화면을 터치해 보라고 했다. 시키는 대로 화면에 손을 댔더니 로보파크 안내가 떴다. 그것도 여러 나라 말로. 휴보가 말했다.

"로보파크는 한국에서 가장 큰 로봇 테마 파크야. 이곳에서는 재난 구조 로봇부터 서비스 로봇, 제조업용 로봇, 우주 정거장 개발에 쓰이는 로봇 등 다양한 최신 로봇들을 볼 수 있어. 민준아, 이제 로봇 하나하나의 특징을⋯⋯."

난 얼른 휴보의 말을 잘랐다.

"우리 아빠가 여기서 일해. 난 아빠가 하는 로봇 춤 공연을 보러 왔는데⋯⋯."

휴보 머리에서 아까보다 더 빠르게 빨간 빛이 들어왔다

나갔다 했다.

"로봇 춤 공연은 오른쪽 에스컬레이터를 타고 2층으로 가야 해. 중앙 무대에서 수백 대의 로봇들이 펼치는 공연을 볼 수 있단다. 아쉽게도 오늘은 공연이 없어."

휴보에게 고맙다고 했더니 내 옆을 지나 다른 아이에게 미끄러져 가 버렸다.

'관계자 외 출입 금지' 푯말이 붙은 공연장 문 앞에 도착했다. 안내원이 입구를 지키고 있었다. 무슨 보안이 이렇게 철저하지? 아빠를 보러 왔다는 내게 안내원은 공연 준비로 절대! 아무도! 들어갈 수 없다고 했다. 하지만 그런 말을 고분고분 들을 내가 아니었다. 나는 돌아서는 척하다가 때마침 문을 열고 나오는 스태프 아저씨 뒤로 몸을 숨겼다. 그러고는 날렵하게 숨어들었다. 피식, 웃음이 났다. 아빠에게 물려받은 순발력을 이렇게 써먹을 줄이야.

공연장 안은 준비가 한창이었다. 모두가 바빠 보였다. 방청석과 높은 무대 사이에 넓은 책상이 펼쳐져 있고 그 위에 컴퓨터와 부품들이 쌓여 있었다. 컴퓨터와 장비를 연결하는 굵은 전선들이 메두사의 머리처럼 이리저리 꼬여 있었다. '감독님'이라고 불리는 아저씨가 찡그린 채 책상 앞에 앉아 있었다. 나는 어둠 속에서 살금살금 다가가 감독과 조금 떨어진 곳에 앉았다. 스태프들은 일에 열중한 나머지 내가 들어온 것도 모르는 눈치였다. 나는 두리번거리며 아빠를 찾았다. 장막이 활짝 올라가 무대 앞뒤가 훤히 보였다. 화려한 사이키 조명이 돌아가고 신나는 음악이 흐르고 있었다. 노래에 맞춰 춤을 추는 로봇들이 레이저 빔을 쏘아댔다. 그런데 아빠가 보이지 않았다. 아빠는 모션 캡쳐 센서를 온몸에 붙이고 열심히 춤을 춘다고 했는데…….

그때 시영이가 말한 메인 휴머노이드 로봇이 눈에 들어왔다. 딱딱 떨어지는 칼 군무를 추는 소형 로봇 수백 대에 둘러싸인 메인 로봇은 마치 아이돌 스타처럼 보였다. 메인 로봇이 현란한 셔플 댄스를 선보이자 나란히 줄을 선 소형 로봇들이 일사불란하게 팝핀 댄스를 추기 시작했다. 역시 메인 로봇은 아빠가 추던 것과 똑같은 춤을 추고 있었다. 아빠가 여기 어딘가에서 로봇을 지휘하는 게 틀림없다. 조명과 음악이 바뀌자 메인 로봇이 비보이처럼 두 다리를 하늘로 뻗어 올렸다. 아빠가 저건 고급 기술이라고 했는데. 역시 아빠가 가르친 최종 병기다웠다.

공연 중 간혹 쓰러지거나 군무에 맞지 않는 동작을 하는 작은 로봇들도 있었다. 그런 로봇들은 스태프들이 바로 세우고, 그래도 작동하지 않으면 대열에서 빼냈다. 작은 로봇들이 일제히 동작을 멈추고, 메인 로봇이 현란한 사이드스텝을 선보이기 시작했다. 그런데 갑자기 메인 로봇이 휘청거리는 듯하더니 우지끈! 소리를 내며 넘어졌다. 감독이 벌떡 일어났다. 숨어 있던 나도 놀라서 엉거주춤 일어났다.

"중지! 중지! 메인 로봇, 왜 그러는 거야?"

감독의 불호령에 스태프들이 메인 로봇을 향해 달려갔다. 모두가 힘을 합해 메인 로봇을 부축해 일으키고는, 메인 로봇의 머리에서 헬멧을 벗겼다. 그리고 이상한 광경이 펼쳐졌다. 헬멧을 벗겨 내자 사람의 얼굴이 나타난 것이다. 나는 너무 놀라서 털썩 주저앉고 말았다. 아빠였다.

"감독님. 메인 로봇 다리에 문제가 있는 것 같습니다!"

아빠를 살피던 스태프 중에 한 명이 감독에게 소리쳤다.

"뭐야? 에이, 정말! 이런 중요한 시기에……."

감독이 뛰어가 아빠를 살폈다. 아빠는 손사래를 쳤다.

"감독님, 저 괜찮습니다. 할 수 있어요."

아빠가 휘청거리며 일어났지만, 발목이 아픈지 절뚝거렸다.

"메인 로봇, 인공 신경 회로 이식한 거 아니었어? 감각 신경을 인공 유기체로 전환하기로 했잖아."

"그게……. 신경은 살려 두고 싶어서요."

"아니, 왜!"

"윤 박사님이 인공 신경을 심으면 아픔도 못 느끼지만 기억도 함께 사라질 수 있다고 하셔서……."

"뭐라고? 그럼 계약 위반이라는 거 모르나? 세계 최초로 완벽한 휴머노이드 공연을 이제껏 얼마나 힘들게 준비해 왔는데. 이래서야 내일 공연, 할 수 있겠어?"

"할 수 있어요. 보세요. 걸을 수 있잖아요. 저, 이제 로봇이나 마찬가지예요. 안 아파요, 정말."

아빠는 절뚝거리지 않으려고 애쓰며 걸어 보였다. 나는 목구멍에서 뜨거운 것이 치미는 기분에 이를 악물었다. 감독이 팔짱을 끼고서 아빠에게 말했다.

"인공 인체 전환 수술은 승진 계약 조건 제1조항이라는 사실을 잊진 않았겠지."

"하지만……."

"당신 지금 인체의 90%가 로봇인데 그게 무슨 의미가 있어? 그리고 가장 중요한 브레인 쪽을 거부하면 우리 계약은 무효야. 그래도 괜찮겠어?"

나는 심장이 멈출 것 같았다.

"안 하려거든 그만둬, 하겠다는 사람 많으니까."

아빠는 고개를 숙였다. 누군가 위에서 나를 짓누르는 것처럼 온몸에 힘이 빠졌다. 이게 대체 무슨 소릴까. 아빠가 로봇이라니? 아빠가 왜?

사람들이 아빠를 들것에 실어 어디론가 데려가는 것이 보였다. 얼른 따라가려는데, 감독이 아까의 스태프와 머리를 맞대고 비밀스럽게 속닥였다.

"대체 가능한 메인 로봇은 아직인가?"

"기술 팀에 물어보니 완성 단계라고 합니다. 생각보다

빨리 될 것 같습니다. 메인 로봇은 지금 연구실로 보냈습니다. 이번에도 수술을 거부하면 밤을 새워서라도 대체 로봇 준비시키겠습니다."

"하지만 내일 공연에 맞춰 완벽하게 프로그래밍시키기는 어려워. 신중해야 해. 내일 공연에 누가 오는지 자네도 알잖나? 어떻게든 저 메인 로봇 수술 받게 해."

연구실······! 나는 스태프 한 명이 벗어 놓은 출입 카드를 훔쳐서 살금살금 공연장을 빠져나왔다. 아빠가 수술을 받기 전에 빨리 만나야 했다. 연구실이 어디일까. 나는 휴보에게 달려가 아빠가 실려 간 연구실 위치를 알아냈다. 연구실에는 들어갈 수 없다고 휴보가 말했지만 나는 이미 달리고 있었다. 다행히 아무도 지키는 사람이 없었다. 나는 센서에 출입 카드를 대고 연구실로 들어갔다.

연구실은 꼭 수술실 같았다. 아빠가 수술대 위에 외롭게 누워 있었다.

"아빠!"

"엇, 민준아! 너 어떻게······."

아빠가 놀라서 급히 이불로 로봇 몸을 가렸다.

"아빠, 이게 뭐야? 아빠가 왜 로봇이야?"

아빠는 고개를 돌려 시선을 피했다. 나는 침대에 누워 있는 아빠를 마구 흔들었다.

"왜! 왜 거짓말했어! 왜!"

아빠 때문에 민지가 죽었다고 생각했었다. 아빠 때문에 나와 엄마가 힘들다고 생각했었다. 내가 틀렸다. 아빠도 힘들었던 거다. 말은 안 해도 마음이 아팠던 거다. 그래서 아빠는 로봇이 되기로 한 거다. 유쾌하고 시끄럽고 바보처럼 잘 웃던 아빠. 아빠는 우리를 웃게 해 줬다. 아빠는 아빠를 미워하는 나를 세상에서 제일 멋진 아들이라고 했다. 눈에서 뜨거운 눈물이 비 오듯 쏟아졌다. 나는 로봇이 된 아빠를 앞에 두고 엉엉 울어 버렸다. 질끈 감은 아빠의 눈에서도 눈물이 또르르 흘러내렸다.

"아빠. 흑흑. 미안해. 내가 그렇게 말해서, 흑흑……."

"아냐, 민준아. 아빠가 미안해. 능력 없는 아빠가 되는 게 무서웠어."

나는 호주머니 속의 뽀뽀 쪽지를 손에 꼭 쥐었다. 나는 이제 아빠가 예전으로 돌아가는 것이 무섭지 않다.

"나 최고 아빠 필요 없어. 그냥 아빠면 돼. 그니까 아빠, 나랑 집에 가자."

"민준아……."

"어서 일어나, 아빠!"

아빠는 결심한 듯 눈물을 훔치고 일어났다. 우리는 손을 꼭 잡고 연구실을 빠져나왔다. 아빠의 경차는 로보파크를 빠져나가 시원하게 내달렸다.

그날 밤, 아빠는 엄마에게 그동안 받은 인공 인체 전환 수술에 대해 털어놨다. 엄마는 이야기를 듣다가 그 자리에서 3초 동안 기절했다. 잠깐이었지만 아빠와 나는 너무 놀라 119를 부를 뻔했다. 엄마는 곧 일어나더니 아빠의 등짝을 그 어느 때보다 세게 내리쳤다. 그리고 곧 아빠를 용서해 주었다. 절대, 다시는 거짓말을 하지 않는 조건으로. 그리고 다시는 로보파크로 돌아가지 말라고 했다. 그러나 아빠의 반응은 의외였다. 한사코 마지막 공연은 마무리해야 한다고 고집을 부렸다. 그게 댄서의 자존심이라나.

다음 날, 로보파크는 사람들로 꽉 들어찼다. 로봇 춤 공연이 소문이 나서 사람들이 평소보다 몇 배나 많았다. 전시장은 물론이고 공연장에도 앉을 곳이 모자랐다.

우리 아빠는 사람이면서 로봇이다. 앞으로의 일은 아무도 모른다. 그러나 분명한 것은 엄마도, 나도, 아빠를 사랑한다는 것이다. 그러니 어쩌겠는가. 우리는 아빠를 응원하기로 했다. 아직은 비밀이지만 언젠가는 아빠가 로봇이라는 사실이 세상에 밝혀질 것이다. 하지만 나는 더 이상 아빠를 부끄러워하지 않을 것이다.

아빠는 무대에 섰다. 그리고 최선을 다하고 있다. 나는 엄마와 함께 무대 뒤에서 아빠의 춤을 지켜봤다. 커튼을 살짝 젖히고 내다보니 방청석에 친구들이 와 있었다. 마치 내가 이 공연을 여는 것처럼 신이 난다. 로봇들이 인, 엣지포턴 동작을 멋지게 선보였다. 아빠의 로봇 춤을 보는 내 입가에 배시시 미소가 번졌다.

남지원 어릴 적 몸이 약해 입원이 잦았다. 주위에 아픈 사람들이 많았다. 지금은 몸과 마음이 아픈 사람들이 더 많은 것 같다. 로봇처럼 완벽하고 효율적이기를 기대하는 사람들이 많아져서일까. 미래에는 그렇게 될 수도 있겠지? 그러나 모두가 그렇게 완벽해진다면 너무 외로워지지 않을까. 누군가를 사랑한다면, 있는 그대로의 모습을 칭찬해 주면 좋겠다. 사랑은 어쩌면 우리에게 남겨질 마지막 연결고리일지 모른다.

절대 정의
레이디
저스티스

은이결

눈꺼풀이 천천히 올라갔다. 절전 모드에서 깨어났다. 가장 먼저 보이는 건 빛이다. 천장과 벽, 두 발을 딛고 있는 바닥에도, 내 전원 장치와 연결된 조명이 들어오고 있다. 주위를 점검했다. 낯선 인물이나 수상한 물건은 보이지 않는다. 이 방은 며칠째 경계 최고 단계에 맞춰져 있다.

여느 날처럼 디케가 나를 점검하러 와 있었다.

"안녕하세요, 레이디 저스티스 판사님. 기분이 어떤가요?"

"좋습니다. 오류도 바이러스도 없는 맑음입니다."

디케는 몇 가지 테스트로 내 상태를 확인했다.

"판사님, 결전의 날입니다. 멋진 활약 부탁합니다."

디케의 인사에 나는 열 손가락을 차례로 단단히 꼽았다.

제대로 한 방 먹이겠다는 표시였다.

오늘은 3년을 끌어 온 〈국제기구 총장 사건〉의 최종 판결이 있는 날이다. 재판은 전 세계로 생중계될 예정이었다. 이미 많은 카메라가 법정 밖에 몰려와 있을 것이다.

이 사건은 세계 권력 서열 8위인 국제기구 총장이 자신의 지위를 이용해서 국제적으로 사기를 친 게 시작이었다. 총장은 만년설이 사라진 히말라야에서 천연자원을 채취할 권한을 주겠다며 여러 나라 기업에 비밀리에 접근해 거액을 받아 챙겼다. 국제기구 총장에게는 히말라야 개발에 관여할 권한이 없다. 총장은 인도와 네팔 등 주변국 정치인들에게 로비를 했지만 그들은 국민 정서를 이유로 신성한 히말라야를 파헤치는 데에 거부감을 드러냈다. 그 정황이 언론에 흘러들어 가면서 각국의 시민단체가 대규모 소송을 냈다.

판사들은 사건을 맡으려 하지 않았다. 피의자들이 막강한 권력과 돈을 쥐고 있었기 때문이다. 더구나 사기를 당한 것이나 마찬가지인 대기업들은, 대가성 뇌물이었음을 인정하지 않으려고 입을 굳게 닫았다.

궁여지책으로 국제 사법 재판소에서는 나를 담당 판사로 지목했다. 인공지능에게 대형 사건을 맡기는 것에 반대하는 목소리가 많았지만 나는 제안을 받아들였다. 총장이 꼭꼭 숨겨 둔 범죄까지도 까발릴 자신이 있었다.

이 재판은 지난 10년 동안 내가 맡은 것들 중에서 가장 규모가 크고 기간이 길었다. 많은 나라의 기업과 다양한 이해관계가 얽혀 있어서 매일같이 치열한 공방을 치러야 했다. 피고인은 초호화 변호인단을 꾸렸다. 변호인단은 명백한 증거와 증인들 앞에서도 교묘한 말잔치로 논점을 흐려서 빠져나갈 구멍을 만들었다. 가장 힘들었던 건 증인이 매수되거나 사라지는 경우였다. 검사 측은 남아 있는 증인을 보호하는 데 최선을 다했다. 실타래처럼 엉킨 사건을 풀어갈수록 총장의 본모습이 드러났다. 그가 쌓은 명성 뒷면엔 악취가 진동했다.

그사이 언론은 내가 하지 않은 말을 사실인 양 보도했고, 정치·경제계 인사들은 끊임없이 나를 흔들었다. 그러나 돈과 명예와 권력을 거래하는 인간들만의 방식은 나에겐 통하지 않는다. 책임자 디케를 위협해도 반응하지 않았다. 나는 그들이 최고로 치는 것에는 몸 속 연결 나사만큼의 무게도 느끼지 못한다. 다만 신종 바이러스와 자체 폭파 코드를 심겠다는 협박에는 디케가 신속하게 백신을 마련했다.

법정 앞 스크린이 열리자 정면에 카메라가 보였다. 걸어 나오는 내 모습이 여러 개의 화면에 잡혔다.

"판결은 명료합니다. 금전적 피해는 금전으로, 노동 착취는 노동으로, 사회 해악은 사회에서 고립시키는 것으로 선고합니다. 국제 사기 사건은 원금과 이자를 갚고 벌금을 내십시오. 장기간 노동력 착취는 노역으로 죗값을 치르십시오. 아동 성매매는 어떤 처벌로도 부족하지만 올해 태어난 아기의 평균 수명에 달하는 징역 113년을 선고합니다. 피고가 가진 금전이나 시간이 형을 치르기에 부족할 때, 국제법은 둘 중 많은 것으로 부족분을 채우도록 되어 있습니다. 그러나 이번 사건에서 피고의 금전과 시간은 모두 선고된 형량에 충분치 않습니다. 이에 피고의 동산과 부동산을 포함한 재산과 연금, 피고의 잔여 생명 시간을 압류합니다. 피고는 오늘부로 국제기구 총장직과 다른 기관의 직책에서 해임되고 앞으로도 공직에 나갈 수 없습니다."

와아! 환호성이 터졌다. 정숙해야 할 법정에 휘파람과 박수가 쏟아졌다. 플래시까지 터졌지만 아무도 제지하지 않았다. 내가 양쪽 입꼬리를 15도씩 올리자 더 큰 함성이 울렸다.

"저스티스! 저스티스! 저스티스!"

퇴정하는 등 뒤로 나를 부르는 소리가 이어졌다.

스크린이 완전히 닫히자 디케가 뛰어왔다. 얼굴이 빨갛게 달아올라 있었다.

"잘했어, 아주 잘했어! 넌, 정말이지 기대 이상이야."

"괜찮았어?"

디케 목소리에는 기쁨이 넘쳤고 나를 보는 눈에는 칭찬

을 넘어 존경의 빛이 담겨 있다. 재판을 앞두고는 잔뜩 긴장한 표정으로 나를 판사로만 대하더니 지금은 편안한 친구로 돌아와 있었다. 나는 이런 디케의 모습이 좋다.

"넌 역시 절대 정의란 이름이 부끄럽지 않은 존재야."

"난 네가 준 이름을 부끄러워한 적 없어."

'절대 정의'는 디케의 할아버지 저스틴이 처음으로 한 말이다.

저스틴은 법관이었다. 60여 년 전, 청탁과 비리가 전염병처럼 사법부에 퍼져 있던 시절이었다. 국민들은 사법부의 판결을 불신했고, 사회는 억울한 사람들의 울분으로 가득 찼다. 급기야 부당한 판결을 받은 피해자의 형이 가해자와 변호사, 판사를 찾아가 보복하는 사건이 벌어졌다. 끔찍한 폭행이었지만 여론은 긍정적이었다. 사법부가 제 역할을 못 했으니 개인이 단죄하는 게 옳다고 했다. 그 후 릴레이 경주처럼 비슷한 사건이 터졌다. 복수한 사람들은 그 자리에서 자수하고 영웅이 되었다. 가해자가 피해자가 되고 피해자가 다시 가해자가 되는 악순환이 이어졌다.

저스틴은 양심을 잃어버린 사법부를 맹렬히 비판했다.

"돈과 권력과 인맥을 닥치는 대로 집어삼키는 사법부는 추악한 괴물로 가득 찼다. 그곳은 명백한 증거를 지우고 깨끗한 진실을 더럽히는 곳이다. 괴물이 법을 휘어잡고 있는 한 공정한 판결은 존재하지 않는다. 진정한 정의도 실현되지 않는다. 이제 법은 공포가 되었다. 나는 법 집행 권한을 내려놓겠다. 나 또한 무엇으로 배를 채울지 모르는 인간이기 때문이다."

저스틴은 법관이기를 거부하고, 인공지능 법관 개발을 위한 〈절대 정의 로봇 프로젝트〉를 시작했다. 프로젝트는 시작부터 격렬한 반대에 부딪혔다. 인공지능이 사회 곳곳에 자리 잡고 있었지만 법을 다루는 분야에서는 시도된 적이 없었다. 많은 능력을 기계에 위임할지라도 인간을 심판하는 힘만은 나누어 가지고 싶지 않았을 것이다.

저스틴은 살해 협박을 받아 숨어 다녔고, 재정이 어려워 모금 운동을 벌이기도 했다. 그러나 꿋꿋하게 프로젝트를 진행시켰으며, 미래를 내다보고 아들과 손녀를 인공지능 법관 전문가로 키웠다. 프로젝트가 완성되기까지 60여 년이 흘렀다.

그동안 많은 인재가 거쳐 갔다. 그들 중 나를 완전체로 만든 건 디케와 라르고와 이나오다. 3대를 이어 프로젝트 완성에 매진한 디케, 23세부터 50년을 나에게 바친 라르고, 17세 최연소 연구원으로 발탁되어 프로그램 간의 충돌 오류를 잡아내는 데 탁월한 능력을 발휘한 이나오가 최종 개발자로 인정받았다.

그들에게는 내 심장에 메시지를 영구 저장할 수 있는 권한이 주어졌다. 저스틴이 만든 특권이, 제2의 저스틴이라고 불리는 세 연구원들에게 돌아갔다. 심장에 기록되는 것들은 나를 움직이는 모든 프로그램의 우위에서 작동된다. 인간 보호라는 원칙을 거스르는 것이 아니라면 뭐든 좋다는 단서가 붙었다.

심장은 개발자들이 내 몸에 만든 독특한 장치다. 가장 중요한 핵심 프로그램을 구동하는 메인 보드를 어느 위치에 놓을까를 고심하다가 인간의 심장이 있는 위치에 고정시키기로 한 것이다. 심장이 멈추지 않는 한 인간이 살아 있는 것처럼, 나 또한 메인 보드가 파괴되지 않는 한 작동을 멈추지 않는다. 개발자들은 인간의 심장을 닮은 모형을 내 몸 한가운데에 넣고 회전축에 고정시켰다.

세 개발자들은 내 심장에 각자 의미 있다고 여겨지는 메시지를 남겼다.

그중 하나가, 디케가 지어 준 이름이다.

절대 정의 레이디 저스티스.

'절대 정의'는 나를 존재하게 하는 최고 가치다.

그러나 법관으로서의 시작은 참담했다. 법관이 되는 모든 시험을 통과했지만 시작조차 할 수 없었다. 인간은 나를 법관으로 인정하지 않았다. 나는 법률적인 능력뿐 아니라 역사, 정치, 사회, 문화, 경제, 과학 등 다양한 분야의 지식을 지녔다. 지난 100여 년 동안 일어난 사건과 방대한 재판 기록까지 가지고 있었다. 나는 나의 능력을 증명하기 위해, 인간이 내린 기존의 판결 중 3분의 1이 잘못되었다는 보고서를 언론에 발표했다. 보고서는 사회적 파장을 일으켰다. 잘못된 판결들을 모두 공개하라는 요구와 우려 섞인 비난도 받았지만, 지지자도 얻을 수 있었다.

나는 수많은 모의재판을 거치고 작은 오류를 잡아 낸 후에야 실제 재판에 나섰다.

첫 법정에서 사람들은 내 앞에 서는 걸 꺼림칙해했다.

"인공지능? 그래 봤자 기계잖아."

"기계가 인간에게 이래라저래라 하는 건 좀 아니지 않나?"

"신이 만든 인간도 못 믿는데 욕망덩어리 인간이 만든 걸 어떻게 믿어?"

검사와 변호사는 마지못해 나를 판사로 받아들였다.

10년이 지난 지금, 나는 변함없이 공정하고 정의롭지만 이번 '국제기구 총장 사건'으로 절대 정의 실현 의지를 확실히 각인시켰다.

나는 세계적 스타가 되었다. 담당했던 과거 재판부터 사소한 일상까지 모든 게 기삿거리가 된다. 내 모습을 한 캐릭터 상품이 등장하고, 〈절대 정의 로봇 프로젝트〉가 다큐

멘터리로 제작되었다. 언론은 하루도 거르면 안 되는 일기 예보처럼 매일 내 소식을 내보냈다. '오류도 바이러스도 없는 맑음입니다'라는 인사말이 어느새 유행어가 되었다.

숨기고 싶은 것이 있는 음지에서는 나를 두려워하고 약자들은 내가 재판을 맡아 주길 원한다. 억울한 판결을 받았다며 재심을 요청하는 사건이 넘쳐난다. 내 판결은 무엇이든 겸허히 받아들이겠다는 식이다. 이메일뿐만 아니라 손으로 쓴 편지와 선물까지, 사람들은 다양한 방법으로 나를 찾는다. 사법부에서는 나에게 대법관 후보 자격을 주었다.

완벽한 신임이었다. 이제 '기계 조립품'이라고 손가락질하는 자는 없다.

"심사 통과엔 문제없겠지?"

디케가 내게 물었다. 나는 열 손가락을 차례로 꼽아 주먹을 쥐고 팔을 들어 올렸다.

몇 달 후면 법관 재신임 심사가 있다. 법관 10년차라면 누구나 거쳐야 하는 관문이지만 나에게는 더 중요했다. 심사에 통과해야만 두 번째 인공지능 법관을 개발할 수 있다. 인공지능 법관에 대한 편견으로 힘든 시간을 겪은 디케에게 2세대 개발은 선물과 같은 과제였다.

"2세대 인공지능 법관이 너만큼 성과를 낸다면 인간 법관은 곧 사라질 거야. 인공지능 법관 책임자만 남겠지?"

"우린 이미 많은 분야에서 실력을 인정받았어. 법관은

그중 하나일 뿐이야."

디케도 내 말에 동의했다. 디케는 2세대 개발이 확정되면 나에게 두 번째 인공지능 판사의 이름을 짓는 특권을 주겠다고 했다. 내가 쌓은 데이터를 다음 세대에 제공한 공로를 인정한 것이다. 나는 흔쾌히 받아들였다.

오늘은 종일 재판이 없다. 판결이 끝난 사건과 재심 요청 사건을 훑어보는 업무가 주어졌다. 수십 건의 판결 중 무거운 형량이 내려진 사건부터 골랐다.

〈미성년자 친부 살해 사건〉

아버지가 미성년 아들에 의해 목숨을 잃은 사건이었다. 사건 기록을 읽으며 데이터를 저장해 나갔다. 그런데 한 장도 채 넘기지 못하고 움찔, 몸이 흔들렸다. 심장에서 소리가 난 것 같다. 조금 움직인 것도 같다. 잠시 기다렸지만 어디에서도 이상 코드가 뜨지 않았다. 심장은 한 번도 말썽을 부린 적이 없다. 다시 사건 기록을 읽었다. 그때, 심장이 덜컹, 회전했다. 이번엔 확실했다. 왼팔 화면에 심장을 가리키는 이상 코드가 뜬 것이다. 곧바로 디케를 호출했다.

모든 일정이 미뤄졌다. 디케는 나를 정밀 검사실로 보냈다. 꼬박 84시간 동안 검사를 받았지만 기계 결함이나 프로그램 오류는 발견되지 않았다. 바이러스나 악성 코드 또한 감지되지 않았다. 모든 게 지극히 정상이었다.

디케는 그게 더 걱정이라고 했다.

"차라리 오류가 딱 잡히면 좋은데, 어쩌지?"

"디케, 내 심장에 장난을 심어 놓은 건 아니지?"

디케는 나의 농담에도 웃지 않았다.

"이제 아무렇지도 않아. 정말 고장이라면 또 신호가 오겠지. 두고 보자고."

당장 돌아가고 싶었다. 할 일이 있었다. 디케는 어쩔 수 없이 복귀를 허락했다.

자리로 돌아온 나는 못다 본 사건 파일을 찾았다. 검사를 받는 내내 이 사건에 대한 생각뿐이었다.

사건 기록을 들여다보자 다시 심장이 회전했다. 긴 검사를 받은 직후이기 때문인가 했지만, 아니었다. 급기야 마지막 부분을 읽을 때는 지난번과 다른 이상 코드가 뜨더니 심장에서 붉은 빛이 맹렬히 깜빡였다. 심장이 보내는 경고가 시스템 이상 때문이 아니라면, 그 원인은 이 사건에 있는 것이 틀림없다. 코드 해석은 디케에게 맡기고 나는 법관으로서 해야 할 일을 하기로 했다.

나는 이 사건을 재심해야겠다고 법원에 알렸다.

당연히 담당 판사가 펄쩍 뛰었다.

"이미 판결이 끝난 사건을 재심하겠다니, 무슨 뜻입니까?"

"제 판단은 그렇습니다."

"납득할 만한 타당한 이유를 대세요! 내가 비리라도 저질렀단 말입니까?"

"지금은 모릅니다. 재판을 해야만 알 수 있습니다."

표면적으로, 사건은 단순하고 판결은 명료했다. 꼼수가 끼어들 여지가 없었다.

담당 판사와 나를 중재하려던 법원장은, 결국 디케까지 호출했다.

"저스티스 판사가 왜 이러는 겁니까? 책임자인 당신은 알 거 아니오?"

디케는 늘 그렇듯, 나에 대해서만은 확신에 차 있었다.

"저스티스 판사는 사건을 보는 판단력이 정확합니다. 그동안 어떠한 실수도 없었습니다. 사건을 다시 한번 살펴볼 분명한 이유가 있을 겁니다."

"그럼, 저스티스 판사가 판결을 뒤집으면 그대로 따라야 한단 말입니까?"

"판결을 엎을지 아닐지 저도 모릅니다. 그러나 판결에 이상이 있을 가능성이 감지된 이상 그냥 사건을 종료할 수는 없습니다."

나는 의지를 굽히지 않았다. 법원장도 마찬가지였다. 판결이 난 사건을 피고인 요청 없이 다른 판사가 재심하는 건 있을 수 없는 일이라고 했다.

하는 수 없이 나는 한 언론에 인터뷰를 요청했다. 카메라

앞에 서는 10분이면 충분했다.

다음 날, 예상대로 중형을 선고받은 미성년자가 내 요청으로 다시 법정에 설 것이라는 특종 기사가 주요 언론에 보도되었다. 담당 판사는 즉각 반응했다. 자신은 재판 과정에서 부정한 짓을 저지르지 않았다며 결백을 주장했다.

추리소설 같은 자극적인 제목의 후속 보도가 이어졌다.

「진범은 따로 있다?

레이디 저스티스가 제보를 받은 것일까요? 범행 현장을 본 목격자가 있다는 인터넷 속 소문이 사실인지도 모릅니다. 피고인이 과거에 저지른 비행으로 이번 사건에서 누명을 썼다면 이보다 더 억울한 일이 어디 있겠습니까! 아버지를 살해한 범인이 아들이 아니라면 저스티스가 가만히 있지는 않을 것입니다.」

「절대 정의는 만족하지 못했다. 더 강한 처벌을 원하는지도?

피고인의 과거 행적을 보면 예견된 사건이었다. 레이디 저스티스는 소년이 저지른 그동안의 일탈을 놓치지 않았다. '우발적 사고'라는 피고 측의 변론을 인정하지 않기로 했다는 소식이 전해지고 있다.」

개중에는 악의적인 기사도 있었다.

「어린 악마에게 끌려가는 절대 정의

아버지를 살해하고도 반성하지 않는 범인이 '10대 미성년'임을 내세워 레이디 저스티스를 호출했다. 저스티스는 순진한 가면을 쓴 아이에게 속아 별다른 의심 없이 사건을 다시 맡았다. 인공지능 판사만이 지닌 절대 정의가 무너지는 광경을 보게 될지도 모른다.」

디케는 언론 인터뷰를 거절하느라 쩔쩔맸다.

"저스티스, 왜 이러는지 물어도 말 안 해 줄 거지?"

나는 디케에게 정직하게 대답했다.

"말하지 않는 게 아니라, 말해 줄 수 없는 거야. 이건 내 데이터에도 없는 경고야."

디케는 고개를 끄덕였다.

"내가 물으면 디케는 답해 줄 거지?"

디케가 무엇이든 물어보라고 했다.

"나는 정말 무엇에도 흔들리지 않는 절대 정의를 실현하도록 만들어졌어?"

"응, 나를 걸고 맹세할 수 있어."

"내 심장도?"

"물론이지. 네 심장은 인간 보호에 반하는 잘못을 저지를 수 없어."

디케는 자신이 만든 나에 대한 믿음에 흔들림이 없었다.

그렇다면 나도 내 심장을 믿기로 했다. 내 심장은 그동안 거짓에 반응하지 않았으니까. 나는 법원에 이번 사건 재심으로 재신임 심사를 대신하겠다고 요청했다. 만약 기존 판결에 오류가 발견되지 않는다면, 법관 활동을 포기하겠다는 결정적인 조건을 걸었다. 끊임없이 나에 대한 의문을 제기해 온 인간 법관들에게는 손해 볼 것이 없었다. 나의 재심 신청은 받아들여졌다.

재판 시작을 알리는 알람이 울렸다. 법정으로 통하는 스크린이 열리자 법정을 가득 메운 사람들이 보였다.

판사석에서 짧은 선서를 했다.

"절대 정의를 실현하는 레이디 저스티스입니다. 저는 본 재판에서 공정하고 합리적이며 누구에게나 평등한 절대 정의로 판결할 것입니다."

검사와 변호사가 차례로 일어나 선서했다.

"저는 법령을 준수하는 재판장의 판결을 존중하고 따를 것을 맹세합니다."

검사는 재심에 노골적으로 불만을 드러냈고, 변호사에게는 피고인을 변호할 의지가 없어 보였다. 둘은 조금이라도 빨리 법정을 벗어나고 싶어 안달 난 얼굴이었다. 나 또한 재판이 신속하게 진행되기를 바랐다.

피고인이 일어났다. 큰 키에 어깨가 넓은 아이였다. 열여섯이 아닌 열아홉 살의 신체 치수를 가졌다. 충분히 성인 남자를 제압할 만했다. 나를 쏘아보는 눈빛엔 살기까지 느껴졌다. 나는 아이의 눈빛을 지그시 받아 냈다. 아이는 변호사가 선서문을 가리킨 후에야 내게서 눈빛을 거뒀다.

"피고인 이루리는 성실히? 음……, 성실히 재판에 임하며 재판장의 판결을 존중하고 따를 것을 맹세합니다."

아이는 불량한 태도로 요란한 소리를 내며 의자를 당겨 다시 앉았다.

나는 한 걸음 앞으로 가 오른팔을 피고인석으로 길게 뻗었다. 변호사가 아이 손을 억지로 끌어당겨 내 손에 올려놓았다. 손끝에 있는 키트로 DNA를 채취했다. 내 앞에 서는 모든 피고인은 DNA를 제공해야 할 의무가 있다. 이루리의 DNA는 자체 프로그램에 의해 순식간에 분석이 이루어졌다. 결과가 저장되는 것과 동시에 심장이 다시 부르르 떨렸다. 나도 모르게 양손을 가슴으로 가져갔다. 심장은 갑자기 가속 페달을 밟은 자동차 바퀴처럼 빠르게 회전했다.

검사가 증거 자료인 동영상 시청을 요구했다.

"이 영상은 사건 당일 인근 건물 옥상에 있는 CCTV에 찍힌 것입니다. 먼 거리에서 찍혔지만 등장인물이 누구인지는 확인할 수 있습니다."

대형 화면에 영상이 재생되었다. 옥상 문이 열리고 체격이 비슷한 둘이 비틀거리며 들어선다. 한 명이 상대방의

먹살을 잡아끌고 있다. 옥상 한가운데에서 폭행이 시작된다. 먹살을 잡힌 자는 아무런 저항 없이 맞기만 한다. 폭행을 하던 자가 옥상을 나가더니 잠시 후 돌아와, 손에 든 뭔가를 이미 쓰러져 있는 자를 향해 휘두른다. 카메라를 등진 가해자가 상체를 몇 차례 더 굽혔다 편다. 그의 발밑이 진한 색으로 물들기 시작한다. 비틀거리던 가해자가 손에 들었던 것을 팽개치고 돌아선다.

검사는 화면을 멈추고, 돌아선 가해자의 얼굴을 확대했다. 피고인의 얼굴이 화면에 가득 찼다. 방청객에서 산발적인 비명이 들렸다.

"주변의 증언에 의하면, 가해자 이루리는 어릴 적부터 감당하기 힘든 아이였다고 합니다. 쉽게 잠들지 못하고 잠자리와 음식, 옷, 사람 등 모든 것에 불만이 많았답니다. 또래와 어울리자마자 폭력성을 드러냈답니다. 네 살 때 유치원에서 포크로 다른 아이를 찌른 것이 첫 번째 사건입니다. 이루리가 성인이 되어 사회에 나간다면 어떤 일이 일어나겠습니까."

검사는 나를 쏘아보았다. 형량을 줄일 생각은 하지도 말라는 경고였다.

변호사가 일어나 종이 한 장을 제출했다. 더 추가할 자료나 증인이 없다고 했던 것과 달랐다. 무엇이라도 내놓아 재심의 모양새를 갖추고 싶었던 것 같다. 나는 별 기대 없이 종이를 받았다.

"피해자의 오래된 수첩에서 발견한 메모입니다."

검사가 벌떡 일어났다. 내가 발언 기회를 주지 않았는데도 버럭 소리를 질렀다.

"자식 손에 죽을 걸 모르는 아버지가 아들을 사랑한다는 고백이라도 남겼나요? 이게 재심 판결과 관계가 있습니까?"

검사의 눈은 변호사를 향하고 있었지만 결국 나를 향한 항의였다.

"저도 별 기대는 없습니다. 그냥 참고만 하십시오. 메모를 보면 피해자는 아들에게 충분한 사랑을 주지 못한 데 대한 회한이 많았던 모양입니다. 그리고 특이하게도 만일 법정에 서게 된다면 인공지능 판사에게 재판을 맡겨 달라는 글을 남겼습니다. 인간 판사를 믿지 못한 것 같습니다. 이상입니다."

변호사는 괜한 말을 했다는 듯 고개를 절레절레 흔들었다.

메모 내용을 보니 판단이 더욱 확실해졌다. 나는 이미 결론을 내렸다. 심장은 빨리 끝내라고 요동치고 있었다.

검사가 구형을 했다.

"피고 이루리는 바르게 살라는 훈계에 화가 나서 아버지에게 둔기를 휘둘러 죽음에 이르게 했습니다. 감정을 이기지 못하고 우발적으로 저지른 일이라고 변호인 측은 주장하지만, 최근 2년 동안 폭력으로 신고된 것만 아홉 번입니다. 사건 당일, 폭행을 피해 달아나는 아버지를 옥상으로 끌고 올라와서 구타한 것은 물론, 분을 이기지 못하고 둔기를 가져와서 잔인하게 살해했습니다. 피해자를 발로 차며 죽었는지 확인하기까지 했습니다. 일상적인 폭력에 대한 주변 사람들의 증언, 잠재된 분노가 많고 조절 능력이 떨어진다는 담당 의사의 소견을 볼 때, 피고 이루리가 사회에 나올 경우 더 큰 범죄를 저지를 것이 분명합니다. 이에 이루리에게 무기징역을 구형합니다."

방청석이 웅성거렸다. 겨우 열여섯인 아이에게 너무 과하다는 반응이 있는가 하면, 마땅한 형량이라는 듯 박수를 치는 사람도 보였다. 내가 첫 재판 때보다 더 높은 형량을 선고할 것이라고 기대하고 있으리라.

변호사가 한숨을 쉬었다.

"이루리가 잘못을 저지른 것은 사실입니다. 그러나 체포된 직후 바로 죄를 인정하였습니다. 재판장님, 선처를 청합니다."

책을 읽는 듯 짧고 건조한 변론이었다.

마지막으로 이루리가 일어났다. 천연덕스럽게 물을 청하더니 소리를 내며 다 마셨다. 얼굴엔 아무런 감정이 보이지 않았다.

"벌, 받을게요. 맘대로 하세요."

"짐승만도 못한 놈!"

누군가 고함을 쳤다.

판결의 시간이 다가왔다. 오른손엔 죄를 벌하는 정의의 칼을, 왼손엔 어느 쪽으로도 기울어지지 않은 천칭을 홀로그램으로 띄워 놓았다. 이게 나, 레이디 저스티스의 참모습이다.

심장은 여전히 불안정하게 회전하고 있었지만 나는 엄정하고 차분한 목소리로 선고했다.

"나 레이디 저스티스는 아버지를 죽인 피고인 이루리에게 무죄를 선고합니다."

순간, 짧은 정적이 흘렀다.

"이게 무슨, 개 같은 경우가, 미쳤어?"

욕설이 들린 것과 동시에 방탄유리로 된 보호벽이 내려왔다. 뭔가 날아와 유리에 부딪혔다. 방청객이 웅성거렸다. 나는 한 발 물러났다. 이번엔 바닥에서 투명 안전벽이 올라와 이중으로 보호막을 쳤다. 검사와 변호사가 뛰어나와 휘둥그레진 눈을 방탄유리에 바짝 붙였다.

"고장 난 거야?"

"오류야. 무효, 무효야."

"다른 판사를 불러야 되나?"

이루리와 피고인석 뒤에 앉아 있던 어머니가 넋을 놓고 나를 봤다. 그들은 법정 안의 소란이 보이지도 들리지도 않는 듯 한동안 꼼짝하지 않았다.

아이가 먼저 말했다.

"엄마, 나, 나 풀려나는 거야?"

심하게 흔들리는 눈동자, 그제야 아이 얼굴에 감정이 실렸다.

"그게, 그러니까……."

아이 엄마는 흘러내린 머리카락 사이로 아들과 나를 번갈아 봤다. 핏발이 선 두 눈엔 남편을 잃은 아내의 고통과, 아들을 되찾은 엄마의 희망이 혼란스레 교차하고 있었다.

"판사님, 뭔가 잘못된 거죠?"

나를 쳐다보는 아이에게 조금 더 깊은 미소를 보냈다.

아이는 내 표정에서 판결에 대한 확신을 읽은 듯, 주먹으로 책상을 내리쳤다. 나를 노려보며 쥐어짜듯 말을 뱉었다.

"내가 죽였어. 내가 그랬다고!"

아이가 제 머리카락을 쥐어뜯었다. 울부짖었다.

"맞아, 난 아버지를 죽인 살인자야. 평생 감옥에서 썩을 거야. 벌을 줘, 벌 받겠다니까!"

욕과 야유가 날아왔다. 법정 안의 소음이 기준치를 넘어섰다. 비상벨이 울리고 경비 로봇이 투입되었다.

흥분한 아이가 주먹으로 제 얼굴을 때리고 책상에 몸을 부딪쳤다. 피고인석 바닥에서도 투명 안전벽이 올라왔다. 아이를 가둔 원통형 안전벽 안이 부드러운 거품으로 가득 찼다. 몸부림을 치던 아이는 곧 움직일 수 없게 되었다.

"판사님, 판결문을 마저 읽어 주십시오. 자식이 부모를 살해한 것이 무죄가 되는 근거가 무엇입니까?"

검사가 어금니를 물었다. 불신과 분노를 억누르고 간신히 예의를 차리는 게 느껴졌다.

나는 손에 있는 칼과 천칭 홀로그램을 거두어들이고 두 손을 가만히 심장에 포개었다. 심장은 더 이상 요동치지 않았다. 이제야 꼭 맞는 자리를 찾아 휴식에 들어간 듯 고요하다.

"피고인 이루리는 이나오의 아들입니다. 이나오는 내 심장에 이루리를 새겼습니다. 이루리는 나입니다. 나는 무죄입니다."

"넌 역시 고철덩어리야!"

귀를 찌르는 비명이 들렸다. 사건을 담당했던 판사가 방청석에서 벌떡 일어났다.

나는 폐정을 선언하고 뒤로 물러났다. 스크린이 내려왔다. 법정이 시야에서 사라졌다. 소음도 사라졌다.

또 하나의 판결이 저장되었다. 오늘 일정은 이것으로 끝이다. 여느 날처럼 디케가 달려왔다. 그러나 무서운 것을 본 듯 공포에 질린 표정이었다. 디케가 다짜고짜 나를 향해 손을 뻗었다. 나는 두 손으로 디케를 막았다.

"이나오 박사가 너에게 무슨 짓을 한 거야? 보여 줘. 난 볼 권한이 있어."

소용없었다. 아무리 디케의 질문이라고 해도 디케와 라르고와 이나오가 잠금 장치를 한 심장의 메시지는 나조차도 열 수 없도록 되어 있다. 그때 디케가 나에게 아무런 말도 없이 절전 모드를 실행시켰다.

디케는 레이디 저스티스의 하드 디스크를 열었다. 〈절대 정의 로봇 프로젝트〉가 완성될 무렵에 저장된 파일을 찾아 빠르게 훑었다. 그리고 원하던 파일을 발견했다. 레이디 저스티스가 저장한 첫 동영상이었다. 디케는 책임자 비밀번호와 마스터 카드 키로 동영상을 실행시켰다.

화면이 분할되며 두 개의 동영상이 동시에 실행되었다. 카메라 두 대가 같은 장면을 다른 각도에서 촬영했다는 뜻이다. 하나는 외부의 것이고 다른 하나는 레이디 저스티스 눈에 장착되어 있는 렌즈다.

가슴에 공무원 표식을 단 사람이 나타난다.

"인간을 보호한다는 원칙을 거스르지 않는다면 뭐든 좋습니다."

잠시 후 한 여성이 저스티스 앞에 선다. 부드러운 목소리로 자신을 디케라고 소개한다.

"널 '절대 정의 레이디 저스티스'라고 부를 거야."

디케는 자신의 이름에 담긴 '정의의 여신'이라는 의미

와, 할아버지 저스틴의 이름을 합친 것이라고 말한다. 화면 하나가 위아래로 움직인다. 말하기 기능을 실행하기 전인 레이디 저스티스가 눈에 있는 렌즈를 움직여 대답을 대신한다.

다음으로 피곤한 얼굴을 한 노인이 성급한 걸음으로 다가와 렌즈를 마주 본다. 노인은 레이저 펜을 작동시켜서 심장 표면에 글을 새긴다.

"라르고, 영원히 살아 있으리……. 난 길어야 6개월이야. 온몸에 암세포가 퍼졌대. 육신은 죽지만 내 정신은 이 심장에 머물 거야. 자네의 활약을 지켜볼 거라네."

라르고는 레이디 저스티스의 심장을 손으로 툭툭 두드린다. 자신이 머물 집을 만져본 것이다. 그러곤 움직이는 렌즈를 향해 얼굴 가득 주름을 만들어 웃는다.

"그게 아니야. 웃어, 나처럼. 인간에게는 언제나 이렇게 웃어 줘야 해."

그다음 차례는 젊은 남자다. 그는 USB 하나를 저스티스의 심장에 꽂는다. DNA 정보가 화면에 뜬다.

"나 이나오는 너에게 DNA를 물려준다. 이것이 너야."

레이디 저스티스 중앙 제어 장치가 분석한 그 DNA는 이나오의 것이 아니다. 아주 비슷하지만 100% 일치하지는 않는다. 그때 이나오가 입력한 마지막 명령어가 스크린에 나타난다.

〈같은 DNA를 모든 것들로부터 보호하라.〉

"난 아버지니까."

이나오는 렌즈를 한 번 바라보고, 영상에서 사라진다.

동영상은 거기까지였다. 한 화면엔 이나오의 명령어가, 나머지 한 곳엔 입꼬리를 올린 레이디 저스티스의 얼굴이 있다. 디케는 질린 표정으로 고개를 저었다.

"오류는 없어. 네 심장이 거짓에 반응한 것도 아니야."

긴 침묵이 이어졌다. 레이디 저스티스는 자신의 존재를 알리는 듯 절전 모드 불빛을 깜빡이고 있었다.

오래전 그날, 레이디 저스티스는 이나오에게 첫 미소를 주었다. 그에게서 인간이 인간을 맹목적으로 사랑하는 방식을 배운 것이다.

디케가 조용히 레이디 저스티스의 등 뒤로 갔다. 그리고 여전히 부드러운 목소리로 말했다.

"너에게 있는 단 한 가지 오류를 찾았어. 그건 인간이 널 만들었다는 거야."

그리고 레이디 저스티스의 전원 스위치를 길게 눌렀다.

주위의 빛이 긴 막대 모양으로 꺼지기 시작했다. 10년 동안 한 번도 꺼지지 않던 빛이 차례로 사라지는 걸 디케는 눈을 부릅뜨고 지켜봤다.

마지막 빛을 향해, 레이디 저스티스가 웃는다.

은이결　　　정의에 대해 고민하던 중 한 사건이 떠올랐다. 중학교 3학년 때 옆 분단 아이가 선생님에게 혼났다. 선생님의 오해였다. 학생이 오십 명쯤 있는 교실에서 모두가 진실을 알고 있었지만 아무도 나서지 않았다. 아이는 긴 곱슬머리가 휘날릴 정도로 손찌검을 당했다. 나는 일어날까 말까 망설이기만 했다. 미안하고 부끄러운 기억이다. 그렇다, 진실을 외면한다는 건 그런 것이다. 인간이 미안함이나 부끄러움을 '그따위'로 치부하기 시작했다. 인공지능에게 '절대 정의'를 부탁할 시간이 가까워진 걸까. 안 될 것도 없지, 이미 많은 Science Fiction이 Fact가 되고 있으니까.

118

잠수

민경하

아버지 눈에 거슬리고 어머니 눈에 거슬려 집에서 쫓겨난 백
조애기는 용왕국으로 들어갔다.

　　　　　－〈세화본향당본풀이 백조애기와 금상〉 중

녀석은 성게가 있던 자리에 있다.

　물같이 파란 눈으로 분명, 나를 뚫어져라 올려다본다. 물
속에서 해초처럼 나부끼는 기다란 머리칼은 흰색이다. 이
목구비가 밋밋한 걸로 봐서 서양인 같지는 않다. 가슴이 판
판한 걸 보니 남자애다. 나이는 내 또래거나 나보다 어려
보인다. 물안경도 안 끼고 초록색 잠수복 같은 것을 입고
있다. 잠수복은 물결에 따라 조금씩 여러 빛깔의 초록으로
색이 바뀐다. 꼭 물결에 일렁이는 파래 같다. 물귀신일까?

녀석의 등 뒤로 크고 작은 공기 방울이 방울방울 솟구친다.
녀석이 문득 손을 뻗어 내 뺨을 만진다. 난 하마터면 물숨
을 쉴 뻔한다. 정신이 아득해지고 물안경 넘어 시야가 좁아
진다. 녀석의 손을 쳐 내고, 있는 힘을 다해 수면으로 올라
온다.

"쮜히이이이⋯⋯."

숨비소리(해녀들이 물질을 마치고 물 밖으로 올라와 가쁘게 내
쉬는 숨소리)를 내며 재빨리 주변을 돌아본다. 누군가 있어
야 하는데, 살아 있어야 하는데⋯⋯. 연파랑 하늘 아래 검
실검실 파도치는 끝도 없는 바다 위엔 나뿐이다.

"상어가 내 허벅지를 물어뜯으려고 달려드난 눈앞이 깜
깜하더란 말시. 작년에 명신 언니도 상어한테 물려 저승갔
재. 아이고게 무서워라. 나도 그 꼴 나는 줄 알았어. 명신 언
니가 상어한테 물려난 살려 달라고 염질러도 소용없고 시
퍼런 바당물에 시뻘건 피가 퍼지난 바당이 삶인지 죽음인
지⋯⋯."

위미리 할머니는 물질을 하고 나오면 가끔 상어 이야기
를 했다. 사실 명신이라는 분은 10년 전 물질하다 심장마비
로 돌아가셨다고 한다. 팔십 넘은 위미리 할머니는 치매다.
그런데도 할머니의 망엔 해산물이 가득하다.

"아, 알았수다. 그만하니 다행이우다게. 오늘도 고생했

수다."

할머니와 아줌마들은 불턱(제주에서 해녀들이 물질을 하기
위해 옷을 갈아입거나 쉬기 위해 만든 돌담)에 쭈그리고 앉아 바
다에서 건진 성게, 뿔소라, 전복, 오분자기(떡조개의 제주 말),
우럭, 문어 등을 수북하게 쏟아 내며 건성으로 대답했다.

나도 헛것을 본 걸까? 제주도에 와 해녀가 된 지 6개월,
성게를 따겠다는 욕심에 숨을 너무 참아서 순간 뇌가 어떻
게 된 걸까? 하긴 돌을 전복으로 착각하거나 해초가 성게
로 보이는 착시 현상은 나에겐 흔한 일이다. 뭐, 물 밖에서
도 까마귀가 우럭으로 보이기도 하고 흰색 길고양이가 은
갈치인 줄 알고 깜짝 놀랄 때도 있으니 이상할 것 없다. 정
말 이상한 건 물속에서 만난 녀석의 모습이 계속 풀HD 영
상처럼 선명하게 눈앞에서 어른거린다는 거다. 젠장, 죽지
는 않았겠지?

"아, 하연이는 오늘도 물건 많이 몬 했네. 근데 얼굴이 왜
그래? 어디 아퍼? 욕심 부리다 물숨이라도 쉬면 그게 큰일
이재."

"하연이 열일곱이재? 앞날이 창창한 상군인데 뭐가 걱
정이야. 앞바다에서만 일하는 우리 중군, 하군하고 비교가
될까."

"암, 그렇고말고. 상군은 용왕 할망 따님인데."

해녀 아줌마들은 씩씩하게 밀려오는 파도처럼 왁자하게

목소리를 높였다. 그래도 가끔은 나를 위해 제주 사투리를 자제하신다. 해가 저물며 주황, 노랑, 보랏빛 여름 노을이 해녀들의 까만 잠수복을 적셨다.

"저기……, 근데 저요……, 오늘 저 깊은 데서 사람을 본 것 같아요."

내 목소리는 우렁찬 바닷소리랑 더 우렁찬 아줌마들 목소리에 가려 들리지도 않겠다 싶었는데, 위미리 할머니가 대뜸 나섰다.

"아! 그거 물개. 바당 속에서 햇볕이 과랑과랑헐 때 물개가 헤엄쳐 가멍 꼭 사람 같다. 그 깊은 물에 해녀 아니면 또 누가 있겠시냐."

"물개 흔치 않은데 하연이 운이 좋우난."

아줌마들이 맞장구를 쳤다.

"그렇게 사람 닮은 예쁜 물개가 있음 다시 만나면 꼭 인증샷 찍어야겠어요."

나는 아줌마들의 반들거리는 등에다 대답했지만 아줌마들은 해산물을 옮겨 담느라 정신이 없었다. 나도 내 망 속의 초라한 수확물들을 정리하기 시작했다. 오분자기 여덟 개, 성게 세 개, 미역 몇 줄기. 전복, 문어는 오늘도 없음. 일당 계산하기도 힘듦. 그래도 저절로 웃게 된다. 난 바다에서 하루 종일 헤엄치는 것이 행복하다. 해산물을 잡는 것보다 아직은 사진을 찍는 것이 더 익숙하지만. 바다가 좋아

다시 태어나도 해녀가 되겠다는 할머니들 이야기는 이제 내 이야기이도 하다.

"상군 나으리 재게재게 옵서. 이제 금방 해 진다이. 저리 행동이 느리니 서울서 제주로 와 상군이 됐재. 나는 성질이 급허기 때문에 바당에서 숨이 짧다. 촘말로 상군은 못 된다. 그래도 서두르라게. 여긴 육지여!"

"열일곱 꽃다운 나이에 허영 먼 서울서 다른 아이들이 국제학교 다닌다고 올 적에, 우리 하연이는 해녀 핸다고 왑서 상군 했이니 용왕 할망 딸이 맞지."

"맞수다. 바당이 점지해 준 귀헌 보물이우다."

아줌마랑 할머니들은 언제까지 그 이야기를 할지…….내가 제주에 온 내력을 이야기할 때면 하던 일도 멈추고 세계 각지의 오래된 초상화 속에 나오는 얼굴들이 되어 본인들 무용담 나누듯 진지해진다. 나는 천천히 일어나 까만 돌들 위에 우르르 솟아 있는 까만 잠수복 할머니, 아줌마 들 옆에 바짝 다가섰다.

신천리 작은 집으로 돌아와 자리에 누웠다. 내 몸과 이부자리가 하나가 되는 것 같다. 해녀가 된 후부터는 피곤함이 기분 좋다. 눈을 감자마자 또 녀석의 모습이 생생하게 떠올랐다. 녀석은 살아 있겠지? 사실은 물속에서 그 녀석을 봤을 때, 나를 보는 것 같았다. 난 아직도 가끔, 작년 가을 한

강에 뛰어들던 내 모습이 꼭 영화처럼 보인다.

나는 검디검은 한강 물속에 머리칼을 나부끼며 느짓느짓 가라앉는다. 한강은 바닥이 없다. 그러니 계속 가라앉기만 할 수 있는 거다. 회색 교복 치맛자락은 물결이 되고 하얀 블라우스는 적당히 빛난다. 물은 천천히 나를 아래로 아래로 인도한다. 내 주위로 몸집이 사람보다 세 배쯤 큰 거대 잉어가 헤엄친다. 난 편안하게 폐로 물을 숨 쉬고 아무 것도 없는 곳으로 간다. 완벽하게 쉬는 거지.

하지만 삶이란 역시 잔인한 것이었다. 실제 한강은 내가 상상한 것과는 완전히 달랐다. 빌어먹을 한강 물은 너무 차가웠다. 또 도저히 가라앉을 수가 없었다. 잠수라면 잘할 자신이 있었는데, 고작 2미터 깊이의 올림픽 수영장 물속에서만 잠수를 해 봤던 게 문제였다. 끝이 안 보이는 아니, 코앞도 안 보이는 더럽고 깊은 물은 젤리같이 얄밉게 쫀득거렸다. 그 부력을 이길 수가 없었다. 내 몸은 자꾸만 떠올랐다. 내가 가장 좋아하는 곳에서 영원히 쉬고 싶었는데, 그곳이 나를 거부했다. 슬펐다. 내 16년 인생에서 유일하게 좋았던 것이 수영이었다. 그것도 수영 선수가 되겠다고 한 이후로는 끊겼지만. 난 물속에만 들어가면, 도저히 누를 수 없고 참을 수도 없는 느낌이 솟구쳤다. 그게 사람이 되는 느낌일까. 담임 선생님은 늘 우리 반 애들에게 그랬다.

"야! 너희들 언제 사람 될래? 응? 이따위로 하는 거 보니 사람 되긴 글렀다."

그래, 사람이 되고 싶었다. 자고 싶고 놀고 싶은 마음은 참을 수 있었지만 사람이 되고 싶은 마음은 도저히 참을 수가 없었다. 난 물에 들어가야만 했다. 그러나 한강과의 싸움에서 완전히 졌다. 사람이 되어 사람답게 마무리할 방법을 알면서 포기해야 하다니. 개헤엄을 쳐 한강 둑으로 기어올라왔을 때, 벗어 놓은 아디다스 운동화는 사라지고 없었다. 어제 산 걸 알았다는 듯 고새 가져간 치사한 인간에게 상욕으로 저주를 퍼부으려 했지만 너무 추워서 이까지 덜덜 떨리는 바람에 제멋대로 달싹거리는 입술을 어떻게든 닫는 게 급선무였다. 하수구 냄새 나는 한강 물에 푹 절어 얼어 죽을 것 같았다. 하수구의 작고 검은 구멍에서 빙글빙글 도는 물을 볼 때마다, 대체 버려진 물은 모두 어디로 흘러갈까, 생각하며 멍청하게 서 있던 적이 많았다. 그런데 드디어 그 종착지를 알았다.

갑자기 귓속이 쑤셨다.

누가 관종 아니랄까 봐. 엄마 아빠가 힘든데도 너를 위해 일부러 여기까지 이사를 왔으면 너도 생각이란 걸 해야지.

귀를 틀어막았다. 반 애들과 엄마 목소리가 고막을 뚫고 퍼져 온몸을 다 적신 뒤, 다시 맨 발등을 관통해 보도블록 위로 흘러내리는 것 같았다. 발바닥이 아렸다. 물을 줄줄 흘리며 겨우겨우 걸었다. 머리카락에서 떨어진 물이 어깨를 눌렀다. 한강 물은 더러울 뿐 아니라 무겁기도 했다.

동사하기 5초 전 집에 들어섰을 때, 거실 가운데 선 엄마는 눈물로 세수를 하고서 한 손엔 내 유서, 한 손엔 전화기를 들고 있었다.

"아…… 아, 그러니까……. 한강에 빠졌던 우리 애가 방금 돌아온 것 같아요. 네? 서서 숨은 쉬고 있는 것 같네요. 가, 가, 감사합니다."

엄마는 영혼이라고는 다 증발한 것 같은 맹한 얼굴로 나를 보고는 뒤로 한 발짝 물러섰다.

"내가 그랬지? 여기서 내가 가고 싶은 곳은 딱 한 군데, 한강밖에 없다고!"

그 후로 며칠간은 기억이 없다. 엄마 말로는 기절해서 며칠 동안 잠만 잤다고 한다.

며칠을 병실에 누워 링거와 오줌 줄로 연명하던 반 시체인 내가 눈을 뜨자마자 첫 번째로 한 말은 '나 해녀가 될 거야'였다.

제주도나 동해 바닷가에 화려하게 죽 늘어선 횟집 간판들 중엔 유독 눈에 띄는 간판이 있었다. '해녀 횟집'. 약속이나 한 것처럼 화려한 다른 간판들과는 다르게 허름하고 처연한 모습. 그 간판만 보면 왜 그렇게 가슴이 두근거렸는지. 난 늘 해녀가 되는 은밀한 상상을 하곤 했다. 그 상상은 너무 감동적이고 위로가 되고 멋져서 아프고 힘들었다. 과민성 대장염은 다 그 상상 덕에 얻은 병이다. 그런데 한강 물속에 다녀와 정신을 차려 보니 기가 막혔다. 왜? 내가 왜, 무엇 때문에 해녀가 되는 상상만 해야 하는데? 엄마는 우리 집에 찾아 왔던 보험 설계사 이모 같은 미소를 지으며 주삿바늘이 박힌 내 손을 잡았다.

"수영 선수 되겠다는 거지?"

"엄마, 억지 부리지 마. 그럼 난 창피나 당할 텐데? 그땐 엄마가 창피해 죽을걸."

엄마는 움찔했다. 내가 생애 최초로 수영 선수라는 장래 희망을 싹 틔웠을 때, 엄마가 했던 말이었으니까.

"이하연, 수영은 어디까지나 건강을 위한 거야. 억지 부리지 마. 뭐, 수영 선수? 웃기지도 않는다. 네가 누굴 이길 수나 있겠니? 남들 턴하고 돌아올 때 겨우 출발하다 창피나 당하겠지."

엄마 말이 다 맞다. 내가 누군가를 이길 수 있는 성격이 못 된다는 것은 이 세상천지가 다 알고 있었다. 한번은 국가 대항 축구 경기를 보다가, '친선 경기라며 양국 선수들이 왜 서로 양보를 안 하는 거야? 또 관객들은 저게 뭐야? 사람들이 다 왜 저렇게 잔인하지? 아빠는 저게 재밌어?' 했다가 순간 아빠의 가뜩이나 부리부리한 눈이 두개골에서 탈락될 뻔한 광경을 목도한 적도 있다. 그냥 지는 게 속 편한 나 같은 선수가 국위 선양 하기는 글러 먹은 거지. 그러니 나에게는 프리랜서 전문직이 어울리는 거다. 바로 해녀.

상군이 잘만 하면 해산물을 어마어마하게 채취해 돈을 많이 벌 수 있고 정년은 죽을 때까지라는 사실을 알게 된 엄마는 이제 내가 제주에 혼자 있는 것이 오히려 마음 편한 눈치다. 아빠는 내가 방황을 마치면 언젠가는 돌아와 입시에 매진할 줄 안다.

난 매일 해가 있는 동안은 바닷속 세상을 떠다니다 해가 질 때 육지로 나와 물에서 갓 건진 제주도 돌처럼 완벽하게 검고 단단한 밤을 맞는다. 이제는 1톤 트럭 짐을 욱여넣은 20인치 캐릭터 여행 가방 같은 존재감 따위 느끼지 않아도 된다. 여기에선 지구가 돌면서 해가 뜨고 지듯이 세상이 움직이는 대로 저절로 살아진다.

바다는 인간의 나이 따위는 신경쓰지 않는다. 그런 것과는 상관없이, 인간에게 어느 깊이까지 허락할지를 결정한다. 내가 바다로 갔을 때, 바다는 나를 덜컥 상군으로 결정했다. 육지가 안 보이는 바다 가운데까지 헤엄쳐 나가 수심 20미터 이상을 넘나들 수 있는 상군.

그러고 보면 내 진짜 엄마는 용왕 할머니일지도 모르겠다. 바닷속에서 만난 그 녀석도 용왕 할머니의 자식이 아닐까? 어딘가에서 떠돌던 누이를 만나 반가움에 모습을 드러

낸 내 형제……. 에잇, 잠이나 자야겠다. 내일도 일찍부터 나가 물질해야 하고 저녁엔 회식도 있으니까. 꿈속에서 녀석을 다시 만날 수도 있겠지. 그럼 꼭 말을 걸어 봐야겠다.

넌 거기서 뭐 해?

다음 날, 잠수를 할 때마다 다시 놀랄 준비를 했지만 바다는 잠잠했다. 그럼 그렇지, 뭐. 저녁에는 나도 처음으로 회식이라는 걸 한다. 흑돼지 오겹살을 생각하니 아침처럼 몸이 가뿐해졌다. 물질을 마치고 집에 돌아가 옷을 갈아입고, 해녀들은 다시 회식 장소에 모였다. 흑돼지 고기를 구우며 80대, 70대, 60대, 50대, 10대가 앉아 있다. 바다가 아닌 곳에서 만난 그분들은 뭐랄까, 낯설었다. 빈 술병이 늘어났다. 난 멜젓(멸치젓의 제주 말)을 찍은 두툼한 고기를 입 안에 넣고 씹으며 혼자 휴대폰을 만지작거렸다. 하지만 예쁜 말미잘 영상은 금방 술 냄새에 절어 버렸다.

"하연이도 남자 친구를 사귀어야 할 틴데 말라비틀어진 아즈망, 할망 들밖에 없으니."

"왜 국제학교 근처에 갑서양. 거긴 딴 세상 됐다마시. 잘생긴 아이들도 많수다양."

"게메 마씀. 그러니 이 아즈망이 가서 훤칠한 하연이 오라방 보쌈이라도 해 와양갑서, 아하하하하."

"부로 경허지 맙서. 하연이 물속에서 물개 만났고난. 왜 옛날 얘기에 물개랑 혼인한 비바리 모르쪄? 그 비바리가 애도 낳지 않았수꽈."

아줌마들은 식당을 무너트릴 듯이 이리저리 휘뚝대며 상을 치고 바닥을 치고 서로를 치면서 정신없이 웃어 댔다.

난 슬그머니 자리를 나왔다. 쳇, 국제학교 아이들? 가로 등 아래 서서 셀카를 찍어 봤다. 목이 늘어난 티셔츠. 두피에 착 달라붙은 처녀 귀신 머리. 어두운 곳에서 봐도 그을린 얼굴. 두꺼워진 피부, 코와 볼에 뿌려진 주근깨들. 촌스럽게 붉어진 뺨. 어쩌면 걔들 눈에도 내가 물개쯤으로 보이지 않을까.

"이래 봬도 용왕 할망 딸 상군 공주님이시다. 차원이 다른 신비한 존재! 히히."

혼자 히죽거리다 보니 이제 곧 숯불에 올려질 전복이 된 것 같은 기분이다. 문득 또 저 깊은 곳에서 만난 그 녀석의 바다색 눈이 떠올랐다. 그 눈은 '드디어 널 만났어'라고 말하는 것 같았다. 아무래도 사람 같지는 않았단 말이야.

내 앞으로 스며 나온 내 그림자가 빈 집으로 가까이 가면 갈수록 점점 길어지며 커졌다. 세상이 아닌 곳에 나를 던진 나는 점점 자라난다. 그 녀석이 보고 싶다.

새벽부터 비가 부슬부슬 왔다. 날씨가 이러니 기분도 별로다. 해안 가까운 곳의 파도는 얕지만 신경질적이라 멀리 나갈 수 있는 중군과 상군만 바다로 나왔다. 난 다른 해녀 할머니, 아줌마 들처럼 불턱에서 잠수복 매무새를 다듬었다. 빗창과 호미를 차고 물안경을 끼고 허리에 해산물을 담을 망시리를 매고 물 위에 둥둥 뜨는 테왁을 들고 발에는 오리발을 신고 울퉁불퉁한 검은 돌을 아무렇지 않게 밟아 바다로 들어갔다. 여름 바다는 얼음물처럼 차가웠다. 중군을 뒤로하고 상군들—그래 봤자 나까지 세 명이 다지만—우리는 육지가 아예 없는 것 같은 바다로 뿔뿔이 헤엄쳐 나갔다. 이제 육지도 동료들도 아무것도 안 보일 즈음 난 숨을 크게 들이마시고 바다의 바닥으로 헤엄쳐 갔다. 숨어 있는 것들이 보이길.

제주의 깊은 바다는 참 아름답다. 분홍 산호초 사이로 노란 자리돔들이 헤엄치고 바다의 들판엔 색색의 꽃과 풀들이 일렁인다. 빛은 푸른 물결을 따라 그림을 그린다. 바다는 나를 포함한 모든 것들을 온전히 품고 있다.

난 운 좋게 남자 어른 머리통보다 커다란 문어 한 마리를 발견했다. 문어는 짙은 회색 바위처럼 위장하고 스멀스멀 천천히 움직이고 있었다. 구멍 뚫린 갈색 바위로 옮아 가면 문어의 색도 덩달아 그 바위처럼 미묘하게 변하며 몸 위에 구멍 같은 그림자를 만들어 냈다. 마침내 모래 바닥에 닿았을 땐 모래와 같은 색과 질감이 되었다. 두꺼운 다리를 요란하지 않게 들어 올릴 때마다 멋지게 정렬한 둥근 빨판들이 보였다. 난 빗창을 꺼냈지만 도저히 문어를 창으로 찔러서 잡아 올릴 수가 없었다. 저렇게 멋진 생명체가 누군가의 밥이 돼야 한다니……. 난 아직도 지질하고 그렇고 그런, 해녀답지 못한 생각과 싸운다. 그새 남은 숨이 바닥나고 있었다.

어서 물 위로 올라가야 한다. 일단 문어의 자리를 외워 두고 힘차게 발차기를 하며 물 위로 오르려는 순간, 우우웅, 생경한 소리가 물속에 울려 퍼졌다. 그 소리는 머릿속까지 끔찍하게 때렸다. 물결이 거세게 소용돌이치며 어딘가로 나를 빨아들이기 시작했다. 아무리 발버둥 쳐도 내 몸은 빙빙 돌면서 맹렬하게 빨려들어 갔다. 상어인가 봐. 상어가 나를 잡아먹으려고……. 있는 힘을 다해 뒤를 돌아봤다. 내 몸을 물어뜯으려 굉음을 내던 그것은 커다란 상선의 거대한 프로펠러였다. 무시무시한 날이 사납게 살기를 내뿜으며 모든 것을 갈아 버릴 것 같은 기세로 바다를 난도질하고 있었다.

아아악! 나도 모르게 소리를 질렀다. 물결은 내 목소리를 통째로 잡아 삼켰고 바로 짜디짠 바닷물이 왈칵 입 속으로 밀려들어 왔다. 커어억 컥! 아무 준비도 없이 물숨을 쉬고 말았다. 기도를 타고 순식간에 밀려든 바다는 폐를 찢어 놓는다. 가슴과 머리통이 끔찍하게 쑤신다. 손끝 발끝까지 통증이 퍼져 나간다. 몸을 가눌 수가 없다. 끔찍한 고통이 나

를 박살 내고 있다. 이젠 저 상선의 밥이 되겠지. 겨우 살 만
해졌는데…….

정신을 차렸을 때, 라고 하고 싶지만 난 정신 비슷한 것
도 아예 없는 느낌이 들었다. 저세상으로 온 것만 같았다.
겨우 실눈을 떴다가 눈이 부셔 다시 눈을 감았다. 누워 있
는지 서 있는지 앉아 있는지조차 분간할 수가 없었다. 내가
죽었는지 살았는지 알고 싶었다. 여기가 도대체 어딘지도.

"네가 좋아하는 곳이지."

말소리였다. 내가 알아들을 수 있는 것을 보니 분명히 사
람 소리인 것은 맞는데 뭔가 이상했다. 꼭 내 목소리 같았다.

나는 다시 눈을 떴다. 그래, 내 상태가 어떤지 모를 수밖
에 없었군. 난 허공에 둥둥 떠 있었다. 쳇, 죽은 게 맞아. 귀
신이 된 거야, 귀신이.

"넌 죽지 않았어."

빌어먹을, 내 목소리가 확실했다.

하지만 난 분명히 조개처럼 입을 꾹 다물고 있다고! 무
서워서 화가 났다. 몸을 일으켰다. 내 몸은 날렵하게 허공
을 가르며 수직으로 섰다. 익숙한 느낌이었다. 순간 무언가
내 손등을 스치고 지나갔다. 희고 검은 세로줄 무늬. 줄돔
이었다.

"그래, 네가 좋아하는 곳이라고 했잖아."

내가 말하지 않은 내 목소리는 꼭 홀리듯 울려 퍼지더니 하늘하늘 떠 있는 내 머리칼을 건드렸다. 온통 하얀 공간이지만 여기가 어딘지 확실히 알 수 있었다. 서늘하고 부드럽게 날 감싸는 느낌. 소름이 끼쳤다. 숨이 막히지 않는다. 아니, 진즉부터 숨을 참고 있지 않았다. 난 입을 열었다.

"바다. 내가 바닷속에 있어."

난 바다 안에서 숨을 쉬고 있었다. 말하고 있었다. 물이 자연스럽게 콧구멍으로 들어오고 내 목소리는 공기 중에서처럼 아무렇지 않게 퍼져 나갔다. 흔하디흔한 물결이 된 것 같았다. 나는 이를 악물려고 했지만 입을 다물 수도 없었다. 내 앞에 누군가 나타났기 때문이다.

녀석이었다. 흰 공간 저 멀리에 떠 있는 건 분명 녀석이다. 심장이 쿵쾅거렸다. 숨을 몰아쉬자 바닷물이 코 속으로 들어와 가슴속에 선선하게 퍼진 후 등 쪽에 훈훈한 기운을 남기며 빠져나갔다.

살아 있었어. 진짜로 살고 있었어.

흰 머리칼을 너울거리며 녀석이 다가왔다. 허청허청 이상한 헤엄으로 나에게 왔다. 팔다리를 흐느적거리며 헤엄치는 녀석은 내 기억과는 조금 달랐다. 손가락과 손가락 사이에 물갈퀴가 있고, 위아래가 붙은 파란 옷을 입고 있었다. 얼굴은 더 뾰족하고 눈은 더 크고 코는 더 작았다. 아무것도 없는 공간에 파란 녀석과 노란 자리돔들이 헤엄치고 있다. 녀석이 내 근처로 와 섰다. 그리고 처음 나를 만났을 때처럼 파란 눈으로 나를 바라봤다.

"다시 만날 줄 알았어."

절대로 내가 한 말이 아니다.

"미안. 미리 말을 못 했구나."

입에 엷은 미소만 짓고 있을 뿐인데 녀석에게서 내 목소리가 울려 나왔다. 그것도 내 생각에 대답을 하면서. 이건 분명 꿈이다. 사실 어느 날부턴가 삶이 통째로 꿈처럼 느껴지지만 이건 내 17년 인생 최악의 괴상한 악몽이다. 그렇게 녀석을 다시 만나고 싶었는데 이제는 도망가고 싶다. 젠장.

녀석의 얼굴이 어두워졌다.

"어디서부터…… 설명을 해야 할까. 나도 마음이 복잡하다."

나는 울컥해 소리쳤다.

"여기가 어디야!"

"아, 여긴 내 배 안이야. 네가 죽을 것 같아서 내 배로 데리고 왔어. 폐가 반쯤 망가져서 대신 수중 호흡기를 이식했지. 그러니까 넌 이제 폐도 있고 아가미도 있는 셈이야. 폐가 반으로 줄어서 공기 속에서는 조금 숨이 찰 수도 있으니까 조심해. 물에선 기도가 닫히고 아가미로 연결된 호흡관이 열릴 거야. 호흡관으로 들어온 물은 호흡기를 거쳐 산소만 남긴 뒤 네 등 쪽으로 빠져나갈 거고. 공기 속으로 들어

가면 수중 호흡기의 모든 호흡관은 닫히고 대신 폐로 연결된 기도가 열려, 자동으로. 좋겠지?"

좋겠어? 점점 더 화가 났다.

"난 물질하러 바다에 들어왔다가 죽을 뻔한 후에 귀신일지도 모를 괴상한 녀석을 만나서 물고기가 돼 가는 중이라 정신이 하나도 없거든? 좀 알아듣게 이야기를 해야 할 거 아냐?"

녀석이 얼굴을 묘하게 찡그렸다. 사람과 닮았지만 미묘하게 다른 이상한 표정이다. 얼굴 전체가 아래쪽으로 조금 납작하고 불쌍하게 우그러진달까?

"나도 이상했어. 너를 만나서 얼마나, 얼마나 반가웠다고. 그런데 넌 도망가더라. 내 배로 찾아오지도 않고. 계속 기다렸어……. 다음 날도 내내 널 봤지만 네가 너무 멀리 있어서 나를 잊은 건지 아닌지도 모르겠고 네가 화가 난 것 같아서 다시 가까이 갈 수도 없었어. 어쩌다 네가 내 배 가까이 왔을 땐 너도 날 기억하는 것 같았는데, 다시 멀어지는 걸 보면 아닌 것 같기도 하고. 답답해서 죽을 뻔했어. 네가 죽어 가는 걸 보면서 그제야 너는 그 애가 아니라는 걸 알았지. 생각해 보니까 지구는 만 년쯤 흘렀겠더라. 훗, 정말 바보 같아. 어쩌자고 다시 지구로 왔는지."

아직도 무슨 말인지 하나도 모르겠지만 갑자기 내 어깨에 슬픈 기운이 담요처럼 스르륵 덮이는 느낌이다. 난 그냥 어정쩡하게 떠서 내 생각에 답해 오는 녀석의 말을, 꼭 내 목소리를 녹음해서 듣는 것처럼 들을 수밖에 없었다. 녀석의 얼굴이 점점 편안해지는 것 같았기 때문이다.

"고마워. 나도 네 생각이 내 목소리로 들려. 네가 말하지 않아도 들린다고. 난 그렇게 듣고 말해. 여기 사람들처럼 타인의 목소리를 듣는 것이 어떤 느낌인지 우리는 잘 몰라. 왜냐하면 우리는 음성이 되기 전의 에너지를 느끼고 그걸 이해하기 때문에. 어차피 듣는 것도 이해하는 것도 나니까 언어가 달라도 아무 상관이 없지. 넌 잠깐이지만 지금 나와 함께 있으니까 우리 방식대로 이야기할 수 있는 거야. 사실 지구의 의사소통 방식은 우리로서는 참 이해하기 힘든 복잡한 방식이야. 흉내 낼 수도 없고."

그럼 넌 누구야?

"나?"

한동안 아무 소리도 들리지 않았다.

"글쎄, 우주에 헬륨같이 널리고 널린 꽤 쓸모 있는 원소들을 다 제쳐 두고 너나 나는 어쩌다 별 볼 일 없고 많지도 않은 산소와 탄소로 만들어졌을까? 그래서 너와 난 닮았지만 다르기도 해. 난 물에서 살고 너는 공기 속에서 살고. 일을 마치고 한 달 만에 돌아왔더니 지구 시간은 만 년이나 지나 있고. 어찌 되었건 난 지구에서 보면 백조자리쯤에 있는 곳에서부터 여행 중이라고 해 두자."

혼자서?

"응. 어서 이 방랑을 끝내야 할 텐데……."

우주엔 뭐가 있을까 늘 궁금했어. 나도 가 보고 싶어.

"공기 속으로 들어가기 전에는 나도 늘 공기가 궁금했어. 우주가 궁금했고. 그런데 겉으로는 참 규칙적으로 보이는 우주엔 혼돈이 가득하더라. 불확실하고 순서도 없어. 시간도 공간도 꼬여 있어서, 한 달 전에 만난 친구는 이미 늙어 죽었고. 다음에 만날 적은 예전에 나를 무찌른 승자일지도 모르지. 나도 이 무작위적 숙제가 못 견디게 힘들어. 피하고 싶지만 그저 모든 걸 견뎌야만 해."

이건 너무하잖아! 괴로울 때 하늘의 별들을 보면 위로가 되곤 했다. 그래서 여기 제주도의 완벽한 밤을 좋아했다. 늘 별을 보며 꿈을 꿨는데, 그 별 어딘가에 살고 있는 애들도 징징거리면서 괴로워하고 있었다니. 거기엔 심지어 나보다 더한 징징이가 살고 있었어. 이젠 별들을 봐도 짠할 뿐 전혀 위로가 안 될 것 같다는 생각에 억울하기까지 했다.

"음, 너는 진짜 그 아이랑 외모만 같은 게 아니구나. 궁금한 게 많은 것 같네."

나이가 몇 살인지, 이름은 뭔지, 왜 혼자 여행하고 있는지, 적은 또 누군지, 나를 닮은 친구는 도대체 누군지, 뭘 먹고 사는지…… 궁금한 걸 참으려고 애를 쓰고 있었는데 아무 소용이 없군. 말을 안 해도 내 생각을 읽는 너랑 있는 게

편하기도 하고 불편하기도 하고 썰물에 죽은 줄 알았던 말미잘이 다시 생생하게 뻗은 촉수처럼 반갑기도 하다.

"한 달 전 아니, 만 년 전, 아무튼 그때! 난 지구에 처음 왔어. 일곱 번째 이파리를 찾고 있었거든. 지구로 오기 전에 토성 근처 엔켈라두스에서 1박을 했지. 거기 물이 좀 괜찮아. 아무튼 여독을 풀고 바로 지구로 왔어. 그리고 바로 여기 이 바다에서 그 애를 만난 거야. 그 애는 이 섬에 오다가 물에 빠졌어. 부모가 주술 행위를 위해 그 아이를 팔았고, 풍랑을 잠재우기 위해 바다에 제물로 던져진 거지. 난 그 애에게도 수중 호흡기 시술을 해 줬어. 이 배는 모든 질병과 부상을 치료하고 재생시킬 수 있는 치유의 방을 완벽하게 갖추고 있거든. 난 그 애랑 금방 친해졌어. 나도 버려진 거나 마찬가지라고 생각하고 있었거든. 그 아이는 우리 대화법도 터득했어. 나 말고 다른 대상하고도 이렇게 대화할 수 있었지. 나처럼 쉽게 물에서 움직이는 법도 금방 배웠어. 음, 넌 안 되겠더라. 네 두뇌 구조가 만 년 전 사람과는 좀 달라. 난 그 애와 함께 떠나고 싶었는데 싫다고 하더라고. 그 애는 지구인이기도 하지만 땅의 사람이니까. 이해는 했지만 쓸쓸했어.

그 애를 데려다주면서 함께 섬으로 나가 보기로 했어. 지구의 땅을 직접 보고 싶었거든. 그때 이곳 사람들이 나를 봤어. 그 사람들은 나를 이상하게 보지도, 연구의 대상으로 생각하지도, 무서워하지도, 궁금해하지도 않았어. 네 잘못은 아냐. 지금 지구 사람들이 그냥 그런 거니까. 근데 아무리 그래도 그렇지 한 달, 그러니까 만 년 만에 사람들은 어떻게 이렇게 변했을까? 그땐 그냥 당연하게 나를 맞아 줬다고. 좀 별다른 바다 생물이나 육지 생물 보는 것처럼 그냥 그렇게. 물론 아주 놀라긴 했지. 나를 아주아주 좋아했고. 나도 최대한 예의 바르게 행동했거든. 숨을 참으면서. 그런데 한 가지는 정말 실망이었지. 너무들 하더군. 나를 뭐라고 불렀는 줄 알아? 글쎄 무슨 할머니라고 불렀지. 내 길고 흰 머리가 지구인들 보기엔 할머니 같았나 본데 난 내 헤어스타일링 헬멧을 늘 최신으로 업데이트하거든? 또 어디 가서도 늙어 보인다고 생각하는 생명체는 만난 적이 없어. 동안이고 잘생겼다는 생각들만 자자하지. 내가 아무리 힘든 직종에 종사하고 있다지만 옷에도 꽤 신경 쓰는데 할머니라니. 그나마 할아버지가 아닌 게 다행이라고? 기가 막혀서."

허풍인듯 아닌 듯한 이야기를 듣다 보니 며칠이나 지났는지 알 수 없었다. 슬슬 걱정이 되었다. 여기 머무는 동안 몇 년이 획 지난 건 아니겠지? 나는 육지로 돌아가야겠다고 했다. 그 애 역시 서둘러 가 봐야 할 물의 행성이 있어서 그때처럼 지구에 오래 머물 수는 없다고 했다. 내가 가는 걸 보고 바로 지구를 떠나겠다고 했다.

물속에서도 자유자재로 숨을 쉬면서 물 위로 올라왔을 때 제주의 까만 돌들이 어찌나 더 반갑던지! 신나게 뭍으로 기어오르자마자, 귀가 찢어지는 것 같았다.

꽹가리, 징, 북 같은 악기들이 챙챙챙 징징징 둥둥둥 요란하게 울리고 있었다. 오방색으로 화려하게 차려입은 무당이 한 손엔 부채를 들고 다른 한 손엔 방울을 들고 마구 흔든다. 제사를 지내는 것 같았다. 해녀 할머니와 아줌마들이 바다 쪽으로 절을 하고 있었다. 엇, 엄마랑 아빠도 보인다. 나는 삐죽삐죽 그들에게로 다가갔다. 문득 악기 소리가 멈추었다. 모두들 귀신에 홀린 듯 나를 쳐다보았다.

"하연아!"

엄마의 외마디 비명이 침묵을 찌른다.

"아이고게! 아이고게! 하연이가 살아 왔수다!"

"용왕 할망이 하연이를 돌려보내 줬수다!"

"용왕 할망 고맙수다! 고맙수다!"

사람들이 우르르 나에게 달려왔다. 그러고는 내 앞에서 통곡인지 통쾌한 웃음소리인지 모를 비명을 내지르며 절을 해 댔다.

"용왕 할머니 아닌데……."

나도 모르게 투덜댔다.

그때, 구루루루룽 콰광! 온 천지를 울리는 소리가 바다에서 울린다. 난 뒤를 돌아본다. 수평선 근처에서 거대한 기둥이 하늘로 솟아오른다. 회오리바람같이 일어선 바다는 순식간에 쭈욱 솟구쳐 마침내 하늘에 닿는다. 바다와 하늘을 연결하는 용오름이다.

가슴속에서 목소리가 들린다.

'안녕, 처음으로 시간을 넘는 이 여정이 괜찮다는 생각이 든다. 네가 아직 여기 있어 줘서 기뻤어.'

거센 파도가 일고 힘찬 바람이 우리 모두를 친다. 숨 막히는 바람 속에서 난 손을 등 뒤로 가져가 본다. 잠수복 안으로 척추를 따라 두툼한 선이 느껴진다.

민경하 인간은 알 수 없는 지적 존재가 심해에 살고 있을지도 모른다는 생각을 가끔 한다. 제주 신화는 이런 상상을 구체화할 수 있는 단서를 제공해 주었다. 특히 서울에서 제주로 내려가 여신이 된 백조애기 이야기가 그랬다. 평범한 아이가 마술적인 존재가 됐다면 그 시작점에는 어떤 일이 있었을까? 심해에서 새 친구를 만났을까? 그 친구는 지구에서 꽤 가까운 곳에 위치한 (600광년이면 가는) 아름다운 물의 행성 케플러-22b가 고향이면 좋겠다. 실제 케플러-22b의 바다는 너무 뜨겁다지만 나는 그곳의 바다도 시원했으면 한다.

독자에게 너무 친절하려 애쓰지 말자

　처음 한낙원과학소설상을 진행할 때만 하더라도 여러모로 새로운 도전이라는 생각에 차분하게 임하기가 쉽지 않았다. 불과 몇 년 전이지만 지금만큼 과학소설에 대한 관심이나 인식 수준이 높지 않았고, 더구나 어린이 청소년 문학 분야에서 신인 과학소설 작가 공모는 처음이었다. 하지만 이제 네 번째를 맞이하니 나름대로 중심을 잡아 세우는 전통 같은 것이 느껴지고 한결 안정감이 든다. 이번 4회째에는 모두 79편의 응모작이 들어왔다. 2편 이상을 낸 분들이 있어 응모자는 68인이다. 1회 때 19편, 2회 때 25편이었던 것에 비하면 응모작의 수는 해가 갈수록 증가하고 있다. 심사위원진도 지난 회까지 둘이었다가 이번에 처음으로 세 사람이 위촉되었다.

시사적 화제가 되는 분야로 제재를 삼은 작품이 많은 것은 매년 있었던 현상인데 이번에도 예외가 아니었다. 인공지능, 로봇, 안드로이드, 사이보그, 가상현실을 다룬 응모작이 대부분이다. 이런 설정들은 기억, 마음, 감성 인식, 계급 등의 주제와 결합되기 마련인데 이렇듯 익숙한 바탕에서 참신한 이야기를 빚어내기는 만만치 않다. 예심 과정에서 걸러진 대부분의 작품들은 이 과정이 돋보이지 않았다고 판단됐기 때문이다. 새삼 강조하지만, 비슷한 설정의 기존 작품들과 비교해 확실한 차별성을 부각시키지 않으면 안 된다. 개중에는 눈에 띄기는 하는데 구성이나 캐릭터 등에 무리수를 둬서 오히려 설득력을 잃은 안타까운 경우도 몇 있었다.

수상작 「마지막 히치하이커」는 심사 중이라는 사실을 잊을 정도로 재미있게 술술 읽은 작품이다. 무엇보다도 꼼꼼하면서 허를 찌르는 유머 정서가 좋았다. 사람들의 세상에 나가 히치하이킹을 하는 로봇이라는 설정도 참신한 편이고 그 과정에서 일어나는 작은 해프닝들을 궁리해 내고 잘 부각시킨 세심함도 돋보였다. 로봇과 인간 소녀 사이의 우정이 쌓이는 과정 역시 구태의연하지 않은 구성이라 어린이와 청소년 연령대를 모두 만족시킬 만한 수작이다. 이어질 이야기를 기대하게 만드는 결말의 여운도 짙다. 최종 심사 토론을 한 끝에 이 작품을 당선작으로 정한 이유는 어느 모로 보나 가장 흠결이 적고, 무엇보다 어린이 청소년 독자들이 재미있고 유익하게 읽을 단편 과학소설로서 손색이 없었기 때문이다.

이 작가가 앞으로 내놓을 작품들이 무척 기대되었는데, 「목요일엔 떡볶이를」은 바로 그런 기대에 값하는 신작이다. 작가 특유의 경쾌하고 감각 충만한 스타일이 변함없이 발휘된 작품으로서 「마지막 히치하이커」와 마찬가지로 막힘없이 읽게 만드는 강력한 미덕을 지녔다. 이건 단순히 문체만으로는 구현할 수 없는 경지이며 매끄럽고 자연스러운 스토리텔링 능력이 동반되어야 하는 것이다. 이야기를 다루는 작가의 능수능란한 솜씨가 엿보인다. 이 작품의 설정과 주제, 즉 인공지능 안드로이드와 독거노인 사이의 우정 자체는 크게 신선한 편이 아니지만 단지 '이 작가이기 때문에 읽는다'는 팬이 갈수록 늘어나지 않을까 예상해 본다.

「로봇과 함께 춤을」은 정서적 흡인력이 상당하다. 이야기의 결말을 짐작할 수 있는 전개인데도 읽는 사람의 마음을 움직인다. 다만 청소년 독자라면 더 속도감 있는 진행을 원하지 않을까? 인간이 기계와 결합하는 사이보그가 되면 원래의 인간성이 흐려진다는 설정이 좋았기에 그만큼 아깝기도 한 작품이다.

「절대 정의 레이디 저스티스」는 한마디로 강렬했다. 인간 사회의 정의를 인공지능에게 맡길 수 있을까? 그 한계

나 취약점은 어디일까? 일종의 열린 결말을 통해 매우 논쟁적인 문제를 제기하고 있어서 함께 읽고 토론하기 좋을 작품이다. 이 정도로 무게감을 주는 이야기는 어린이 청소년 과학소설에서 쉽게 접하기 어려운데, 제기하는 화두가 무척 의미심장하기 때문인 듯하다. 머잖아 인공지능이 우리 현실에 실제로 도입될 때 이 작품은 여러모로 좋은 예가 될 수 있다고 본다.

「잠수」는 제주의 용왕 할망 전설을 외계인 설정과 매끄럽게 잘 연결했다. 지구와 외계인의 시간 개념이 크게 차이 난다는 묘사도 전통 서사의 정서를 SF적으로 재해석한 좋은 예로 언급할 만하다. 다만 주인공 소녀의 사연이 조금 작위적이고 앞부분이 지루한 편이라는 지적도 있었다. 설정 자체는 새로운 편이 아닌데 문장이나 구성 등이 전반적으로 자연스럽게 시너지를 내면서 이 정도로 설화를 재구성해 버무려 낸 것은 성취임에 틀림없다.

이 책에 수록되지 못한 다른 응모작들이 어떤 아쉬움을 지녔는지는 앞에서도 잠시 언급한 바 있다. 다시 한마디로 말하자면, 나름의 미덕은 지녔지만 그것이 다른 단점들을 뒤덮고 압도적으로 작품 전체를 장악할 만한 힘은 부족한 편이었다고 요약할 수 있다. 원재료, 즉 아이디어나 설정은 괜찮은데 이보다 더 잘 쓸 수 있지 않았을까 하는 안타까움을 느끼게 하는 작품들이 많았다. 공통적으로 지적하고 싶은 점은 여전히 이야기에 군더더기가 많다는 것이다. 불필요한 설명의 나열은 몰입을 방해하고 독서의 맥을 흩뜨린다. 작가는 독자를 결코 얕보아서는 안 되며 이 원칙은 과학소설이라고 예외가 아니다. 절제된 글일수록 독자는 행간에서 상상력을 더 발휘하며 희열도 더 크게 느낀다.

독자로서 남의 글은 잘 보이지만 작가가 되는 순간 자기의 글은 객관적으로 보기가 참 어렵다. 그래도 이 어려운 과정을 넘어서야만 비로소 많은 독자들의 관심과 사랑을 받을 수 있다. 시행착오를 두려워하지 말고 실패의 경험을 기꺼운 마음으로 적립해 나가자. 글쓰기에 자신이 얼마나 애정을 지니고 있는지는 바로 그 과정에서 증명된다.

제4회 한낙원과학소설상 심사위원 김이구, 박상준, 안미란
(대표 집필 박상준)

마지막 히치하이커

2018년 11월 23일 1판 1쇄
2022년 5월 31일 1판 3쇄

지은이 문이소, 남지원, 은이결, 민경하

편집 김태희, 장슬기, 나고은, 김아름 디자인 홍경민
제작 박홍기 마케팅 이병규, 양현범, 이장열 홍보 조민희, 강효원

인쇄 코리아피앤피 제책 J&D바인텍

펴낸이 강맑실

펴낸곳 (주)사계절출판사 등록 제406-2003-034호
주소 (우)10881 경기도 파주시 회동길 252
전화 031)955-8588, 8558 전송 마케팅부 031)955-8595 편집부 031)955-8596
홈페이지 www.sakyejul.net 전자우편 literature@sakyejul.com
블로그 blog.naver.com/skjmail 페이스북 facebook.com/sakyejul
인스타그램 instagram.com/sakyejul

ⓒ 문이소, 남지원, 은이결, 민경하

ISBN 979-11-6094-414-3 44810
ISBN 978-89-5828-473-4 (세트)